역경을 딛고

꿈과
희망으로

역경을 딛고 꿈과 희망으로

초판 1쇄 인쇄 | 2011. 7. 15.
초판 1쇄 발행 | 2011. 7. 20.

지은이 | 김승제
발행인 | 황인욱
발행처 | 圖書出版 오래

주   소 | 서울특별시 용산구 한강로2가 156-13
이메일 | orebook@naver.com
전   화 | (02)797-8786~7, 070-4109-9966
팩   스 | (02)797-9911
홈페이지 | www.orebook.com
출판신고번호 | 제302-2010-000029호

ISBN 978-89-94707-36-5

■ 책값은 뒤표지에 있습니다.
■ 잘못 만들어진 책은 구입하신 서점에서 교환해 드립니다.

역경을 딛고

꿈과 희망으로

김승제 지음

圖書出版 오래

▲ 저희 가족을 소개합니다. (왼쪽부터 아내 홍순희, 외손녀 김시연,
사위 김상훈 판사, 딸 김은성, 며느리 윤혜준, 아들 김동현, 필자)

▲ 국민훈장 모란장을 포상받고(2007. 6. 20)

▲ 청와대 오찬을 마치고(2009. 12. 29)

▲ 바르게살기운동 중앙회장 취임식(2009. 5. 13)

▲ 법무부 장관과 업무 협약을 체결하고 전국 16개 시·도 협의회장과 함께
　(2009. 12. 8)

▲ 은성중·은광여고 재단이사장 취임식(2002. 12. 28)

축하 행가레를 받고 있는 모습 ▶

▲ 춘계 전국 여고 농구연맹전에서 우승하고(2004. 3. 23)

▲ 양천문화원 문화대학 종합 발표회

장학금 수여 ▶

▲ 한국스카웃 단원 표창

▲ 양천 대학학원 개원식에 참석한 내빈들(1993. 12.28)

현판을 제막하는 필자 부부 ▶

▲ 입시단과 대학학원 창립 개원식(1988. 12.28)

▲ 초고층 주상복합아파트 목동 트라팰리스 건설 현장에서

▲ 수도중학교 1학년 10반의 단체사진(우측 여교사가 김정열 선생님이고
  바로 우측 학생이 필자다)

이 책을
평생의 반려자
홍순희에게
바칩니다

꿈과 희망은 언제나 현재형이다

금년의 장맛비는 유난히 길고 줄기차다. 장맛비로 하여 여기저기 피해가 속출한다고 한다. 어서 장마가 개어서 푸른 하늘이 활짝 우리 가슴으로 다가왔으면 좋겠다. 그러면서 장맛비 뿌리는 대기 저 위에 지금도 태양은 빛나고 있다는 평범한 진리를 되뇌어 본다.

삼복(三伏) 더위가 시작되었다. 초복을 맞아 우리 학원 식당에서는 학생들에게 삼계탕을 선사했다. 역시 몸보신에는 삼계탕이 제격이다.

그런데 삼복(三伏)이란 말에 왜 '엎드릴 복(伏)'자를 썼을까? 사람이 개처럼 엎드린다? 그래서 복날인가?

삼복(三伏)은 '가을이 오는 소리'이다. 가을의 신(神) 백제(白帝)는 빨리 세상에 나가고 싶어 안달이다. 빼꼼히 얼굴을 내밀고 세상에 한 발 디디자 여름의 신(神) 염제(炎帝)가 무섭게 노했다. "이 놈, 내가 이렇게 시퍼렇게 살아 있는데…." 그러면서 있는 대로 무더위를 내뿜었다. "아이고, 잘못했어요." 가을의 신은 납작 엎드렸다. 이것이 초복(初伏)이다.

열흘 뒤에 가을의 신은 이제 내가 나갈 때라고 다시 나선다. 여름의 신은 더욱 기승을 부린다. "아이고, 잘못했어요." 가을의 신 백제(白帝)는 다시 납작 엎드린다. 이것이 중복(仲伏)이다.

다시 열흘 뒤, 이제 가을의 신은 당당하다. 이젠 내 세상이 왔다고 씩씩하게 나선다. 노쇠한 여름의 신 염제(炎帝)는 마지막 기승을 부린다. "이 놈, 내가 아직도 이렇게 살아 있는데…." "아이고, 잘못했어요." 백제(白帝)는 다시 한 번 납작 엎드린다. 이것이 말복(末伏)이다. 그래서 말복이 가장 무덥다고 한다. 그렇게 세월이 흐르고 나면 여름은 가고 가을이 온다.

삼복(三伏)은 무슨 뜻인가? 옛 분들은 한창 무더운 삼복 속에서 오히려 가을이 오는 소리를 들었다. 그래서 삼복의 주체는 가을이다.

'신새벽'이라는 말이 있다. 미명(未明)이란 뜻이다. 새벽이 오기 전, 마지막 밀려오는 짙은 어둠을 뜻한다. 신새벽은 이미 새벽을 내포한다.

나는 이 책의 제목을 '역경을 딛고 꿈과 희망으로'라고 지었다. 내 삶의 과정을 그냥 그대로 제목으로 옮겨 본 것이다. 역경을 당해 보지 않은 사람이 어디 있겠는가? 그러나 그 역경 속에서 내일의 빛을 찾는 작업은 귀하다. 나의 소년 시절과 타향살이의 어려움, 그리고 숨가쁘게 살아온 여지껏의 삶을 되돌아보면 내 역경을 관통한 단어가 '꿈과 희망'이었음을 자각한다. 이제 나는 살아온 내 인생의 한 대목을 정리해 보려 한다. 그리고 그 속에서 앞으로 전개될 새로운 꿈과 희망을 찾아 보려 한다.

나는 원래 사회교육에 종사해 온 사람이다. 불우한 청소년들, 직장인들에게 교육의 길을 열어 주고 그들의 성공을 함께 기뻐해 온 사람이다.

그 사교육의 연장선상에서 나는 공교육에 과감히 뛰어들었고 내가 이룩해 온 사업 성공의 열매를 다시는 회수할 수 없는 학교 법인에 쏟아부었다. 그것은 어쩌면 사교육과 공교육의 본질이 다르지 않음을 행동으로 증명하고 싶었기 때문인지도 모른다. 학원의 제자들, 학교 제자들, 그들은 다 같은 제자이므로 똑같이 사랑스럽다.

난 예기치 않게 부도난 회사의 CEO를 맡았다. IMF로 허리가 꺾인 회사를 맡는다는 것은 공포 그 자체였다. 그러나 맡을 수밖에 없다면 일으켜 세우는 길밖엔 없다.

나는 부도난 회사를 코스피 상장기업으로 되살려 내면서 그 치열한 정신을 체득했다. 학원 사업이나 일반 기업이나 전문적 분야의 기업이나 다 한 가지였다. 기업은 인간이 하는 것이며, 인간의 비전과 열정과 마음이 합쳐져서 성공을 이룬다는 등식은 언제나 진리이다.

나는 내가 사는 양천을 사랑한다. 내 어머니가 양천 허씨이기 때문에 더더욱 정이 가고, 내 고향이 충천도 서천이니 서천, 양천이 '천'자 돌림이라 그것도 정겹다.

나는 양천 문화원 초대, 2대 원장을 8년간 맡아서 한 것에 보람을 느낀다. 각종 문화행사를 창출해 내고, 많은 양천구민들이 문화 교실에서 교양을 쌓고, 어머니와 어린이들에게 양천의 숨은 역사를 일깨워 주고…. 참 기쁜 시간이었다.

한국 스카우트의 활동, 로타리 활동, 각급 학교의 육성회장, 학교 운영위원장, 재단법인 국암장학회 활동, 그 중에서도 오랫동안 법무부 범죄예방위원으로 봉사한 것은 내 삶을 윤택하게 해 주었다. 분에 넘치게도 국민훈장 모란장을 포상받는 영예까지 얻었다.

나는 3년 전에 바르게살기운동 중앙회장으로 선출되어 국민정신운동 단체를 이끌고 있다. 바르게살기를 몸소 실천해 왔는가를 묻는다면 부끄러움이 많다. 다만 바르게살기가 시대 사명이고 대한민국의 희망이라는 신념이 나를 그 자리에 세웠다. 나는 최선을 다해 그 막중한 사명을 감당하고 있다.

양천의 스카이 라인을 결정짓는 하이페리온Ⅰ, Ⅱ 아파트 한가운데에 초고층아파트 트라팰리스의 위용이 늠름하다. 우리 회사가 지은 트라팰리스는 양천 발전의 초석이 되고 주거문화를 격상시킬 것이다.

저 트라팰리스처럼 나의 터파기도 단단했던가? 이제 내 나이 육십을 바라보면서 나도 내 영혼의 집을 완성해야 하리라.

역경을 딛고 꿈과 희망으로 - 내 고향 서천에서 시작된 내 삶의 비상은 이제 제2의 고향 양천에서 그 날갯짓을 힘차게 마무리해야 한다.

꿈과 희망 - 그것은 언제나 현재형이다.

Contents

18

Part 04 희망의 대명사 대학학원

01

바르게살기가
대한민국의 희망이다

01 │ 대통령과의 오찬

2009년 12월 29일, 청와대 오찬장에는 일곱 명만이 단출하게 참석하는 둥근 식탁이 마련되어 있었다. 대통령께서 연말을 맞아 3대 국민운동단체 대표들을 특별히 격려해 주시는 자리였다. 그 자리에 이재창 새마을운동 중앙회장, 박창달 한국자유총연맹 총재, 그리고 바르게살기운동 중앙회장인 나, 이렇게 셋이 참석했다. 이달곤 행정안전부 장관과 대통령 비서실장, 정무 수석비서관이 배석했다.

이명박 대통령께서는 밝으신 표정이었다. 지난 12월 26일 사상 최초로 400억 달러 규모의 아랍에미리트(UAE) 원전 수출 계약을 직접 진두지휘하시고 귀국하셔서 피로가 채 가시지도 않으셨을 텐데, 대통령께서는 프랑스와의 경쟁과 관련된 숨은 이야기와 계약 과정의 숨막히는 긴장감을 재미있게 들려 주셨다.

역시 일에 대한 대통령의 열정을 따를 수가 없겠구나 하고 나는 속으로 감탄했다.

나는 대통령께서 제17대 대통령 후보로서 선거운동을 하실 때 한나라당 서울 양천 을 지구당의 선거 대책 총괄본부장으로서 미력이나마 온 힘을 다했었다. 그리고 당선되신 후에는 대통령직 인수위원회의 자문위원으로 참여하는 보람도 가진 바 있었다. 따라서 한 테이블에서 대통령을 모시고 오찬을 함께하는 감회가 남달랐다.

대통령께서는 3대 국민운동단체의 활동상에 대해 비교적 소상히 알고 계셨다. 그 활동에 감사를 표하시면서, "선진화는 경제성장만으로 이룰 수 없어요. 모든 국민들이 법과 질서를 지키고 도덕성을 높여 나갈 때 비로소 대한민국의 국격을 높이고 선진화를 이룰 수 있어요." 하고 말씀하셨다.

나는 바르게살기운동이 전국 50만 회원들의 자발적인 회비 참여와 헌신으로 활발히 전개되고 있고, 내년에는 초등학교에서부터 바른생활 학생봉사단을 창설할 계획과 바르게살기 대학생단의 발대식을 아울러 가질 것이라고 보고 말씀을 드렸다.

대통령께서는 매우 반가워하셨다. 국민운동의 주체로 젊은 청년과 여성들의 참여가 얼마나 중요한지를 대통령께서는 역설하셨다. 그리고 어린 시절부터 봉사와 나눔의 정신을 심어 주어야 한다고, 그것이 바로 전인교육의 정신이라고 덧붙이셨다.

조촐한 오찬 모임이 되어서 그런지 우리는 격의 없이 대통령과 말씀을 나누었고 대통령은 3개 국민운동단체 수장들의 건의 말씀에 귀 기울여 주셨다.

오찬을 마치고 대통령과 따뜻한 석별의 악수를 나누고 나오면서, 나는 그 어떤 책임감 같은 것을 갖지 않을 수 없었다.

그 후 1년 뒤 나는 대통령에게 약속한 두 가지 일을 모두 해냈다. 2010년 9월 17일 바르게살기 '대학생단'을 창단한 데 이어, 2011년 5월 21일 25개 초등학교 800여 명이 참석한 가운데 서울 은광여고 대강당에서 '바른생활 봉사단' 발대식을 갖고 힘찬 활동을 전개하기 시작한 것이다. 나는 이로써 바르게살기운동 중앙회장으로서 느껴온 무거운 중압감에서 어느 정도 해방되는 후련함과 보람을 동시에 느낄 수 있었다.

　나는 여기서 멈추지 않았다. '바른 사회 밝은 미래'를 만들기 위해서는 IT 홍보단이 필요함을 절감하고 600여 명 규모의 '바르게 사이버단'을 조직했다. 무차별적으로 난무하는 악플에 대응해서 젊은이의 의식을 순화시킬 수 있는 선플 달기 운동을 본격화할 것이다.

▲ 바른생활 학생봉사단 발대식 모습

02 | 바르게살기와의 인연

바르게살기운동 제8대 중앙회장은 배재대학교 총장을 지내신 박강수 회장님이셨다. 학자로서의 인품과 리더로서의 통솔력이 뛰어나신 박 회장님은 연세대학교 경영대학원 동창회장직에 계셨고, 나는 경영대학원 AMP과정 동창회장 일을 맡고 있었던 터라 자연스럽게 회장님과 자주 뵙게 되었다.

박 회장님은 나에게 당신이 중앙회장으로 계시는 바르게살기운동 중앙협의회의 부회장을 맡아 달라고 하셨다. 존경하는 선배님의 명이시니 거역할 수 없었다. 나는 사회에 봉사한다는 가벼운 마음으로 부회장직을 맡아 3년의 임기를 채웠다.

2009년 2월경에 박강수 회장님께서 나를 조용히 부르셨다.

"김 회장, 그동안 옆에서 김 회장을 쭉 지켜보았소. 헌신적으로 AMP의 총동창회장 일을 수행하는 것을 보고 느낀바가 많았소. 바르게살기운동은 국가의 법률로 뒷받침되는 3대 국민운동단체 중의 하나요. 나는 바르게살기 중앙회장을 두 차례나 지내왔소. 전국 회원을 열심히 이끌어 오고 있으나 이제는 이 무거운 짐을 벗고 싶소. 그런데 그 일꾼으로 나는 김 회장을 발견했소. 바르게살기 중앙회장은 영광의 자리가 아니라 헌신의 자리요. 사재도 많이 들어갈 것이오. 그 일을 아무나 감당할 수 없소. 김 회장을 믿고 부탁하오. 중앙회장을 맡아 주시오."

평소 부회장으로서 변변히 도와드리지도 못했는데 뜻밖의 제의를 해 오시니 나는 당황할 수밖에 없었다. 아직 준비가 안 되었노라고, 열심히 옆에서 도와드릴 테니 한 번 더 맡으시라고 거듭 사양하였으나 회장님의 결심은 단호하셨다.

나는 생각할 시간을 달라고 말씀드린 뒤 그 자리를 모면할 수밖에 없었다.

나는 바르게살기운동에 대해서 진지하게 살펴보았다. 그리고 국민정신운동 단체로서의 고귀한 정신과 선진조국 건설의 정신적 토대로서의 바르게살기운동을 확인할 수 있었다.

바르게살기운동은 1989년 발족되었고, 1991년에 '바르게살기운동조직육성법'이 제정되면서 법적 뒷받침을 받게 된 명실상부한 국민의식개혁운동의 주체다. 진실·질서·화합을 3대 이념으로 하고, 정직한 개인, 더불어 사는 사회, 건강한 국가를 만들어 나가기 위해 총력을 경주하는 국민정신운동체이다.

법률의 뒷받침을 받고 있는 국민운동단체는 셋이 있다. 6·25 전쟁을 겪으며 반공 이념과 자유 수호를 부르짖는 애국단체 한국자유총연맹과, '잘 살아 보자'는 노래 속에 가난 퇴치의 강렬한 국민운동으로 전개되어 온 새마을운동, 그리고 물질만능주의에 오염된 국민정신을 세척하여 바르게 사는 길을 제시하자는 바르게살기운동이 바로 세 단체다.

북한의 공산주의 마수가 아직도 우리의 허점을 노리는 현 시국에서 한국자유총연맹의 애국 활동은 우리를 든든하게 한다. 한강의 기적을 일궈낸 새마을운동의 놀라운 성과는 외국에 수출까지 되고 있다.

그러나 2만 불 시대를 구가하는 21세기에 무엇보다도 중요한 국민운동은 의식개혁운동이다. 우리 사회는 급속한 산업화의 결과로 자본주의의 부정적인 모습이 너무 깊게 자리를 잡았다. 돈이면 모든 것이 해결된다는 금전만능주의, 남이야 어떻든 나만 잘 살면 된다는 극도의 이기주의, 불법이어도 어떻게 해서든 한 건만 성공해 보겠다는 한탕주의 등 많은 부조리한 현상들이 대한민국을 휩쓸면서 사람들의 본성은 병들고 사회는 썩어가고 있다. 인륜과 성심과 충성을 저버린 파렴치, 후안무치, 패륜이 판을 치고 있다. 이것을 바로잡지 않으면, 3만 불, 4만 불 시대가 온들 무슨 의미가 있을까. 아니, 이러한 진흙밭 속에서는 2만 불 시대 이상을 뛰어넘을 수 없을 것이다. 바로 거기에 바르게살기운동의 당위성이 있는 것이었다.

그런데, 바르게살기운동 중앙협의회는 다른 두 단체에 비해 재정적 측면이 너무나 빈약했다. 기본 재산이 전혀 없을뿐만 아니라 중앙회관도 없었다. 전국 16개 시·도, 232개 시·군·구 협의회, 50만 회원들이 자발적으로 회비를 모아 살림을 꾸려가고 있는 열악한 실정에 놓여 있었다. 대학자이신 박강수 회장님이 고매한 인품으로 회장직을 수행해 가시니 그나마 단체가 힘을 받고 있었다. 그동안 그 큰 살림을 박 회장님 혼자서 끌어오셨으니 얼마나 힘드셨을까 짐작이 되었다.

　나는 그리 오래 망설이지 않았다. 이 일은 박강수 회장님이 나에게 강권하는 차원이 아니라 국가가 나를 쓰겠다고 부르고 있다는 사명감을 강하게 느꼈다. 나는 박 회장님께 그러한 제의를 해 주셔서 감사하다고 말씀드렸다. 그리고 최선을 다하겠다고 진심으로 다짐했다.

▲ 바르게살기운동 중앙회장 취임식장에서 박강수 회장님과 함께

03 | 중앙회장에 취임하다

2009년 3월 31일 나는 총회에서 중앙회장에 선출되었다. 그리고 5월 13일 여의도 KBS홀에서 '바르게살기운동 제9대 김승제 중앙회장 취임식 및 국민통합과 경제살리기 국민운동 실천대회'가 전국 16개 시·도에서 상경한 바르게살기운동협의회 임원과 내빈 등 2,000여 명의 참석 하에 성황리에 열렸다.

이달곤 행정안전부 장관을 비롯해서 안상수 한나라당 대표, 허태열 한나라당 최고위원, 김태환, 안형환, 김소남 의원, 박창달 한국자유총연맹 총재, 각 구청장, 정·관계, 학계·재계·예술계 인사들이 참석하여 축하해 주셨다. 대통령께서도 취임을 축하하는 화환을 보내 주셨다.

나는 바르게살기운동 중앙회장으로서의 막중한 책임감을 느꼈다. 과연 내가 이 막중한 책임을 대과 없이 수행해 나갈 수 있을 것인가 두렵기도 했다. 그러나 나에게 맡겨진 일이라면 최선을 다하면 된다.

내가 평소의 좌우명으로 다짐하는 것 ─ 진인사대천명(盡人事待天命) 최선을 다하고 하늘의 뜻을 기다린다는 정신에 충실하면 되는 것이 아닐까. 나는 마음속으로 다지고 또 다졌다.

다음은 내 취임사의 일부이다.

존경하는 바르게살기운동 가족 여러분!

대한민국은 건국 60여 년의 짧은 역사 속에서도 온갖 시련을 극복하고 세계에 우뚝 선, 불굴의 민족혼을 지닌 자랑스러운 조국입니다.

그러나 작금의 국내 정치, 경제, 사회의 제반 문제들은 끊임없이 우리를 위협하고 있고, 광풍처럼 휘몰아친 경제위기는 우리를 매우 어렵게 만들고 있습니다. 더욱이 물질만능의 왜곡된 가치관은 인간의 심성을 파괴하여 비인간적인 병리 현상이 사회 곳곳에 만연하고 있는 실정입니다.

이러한 시대상을 극복하기 위해서 우리에게 절실히 요구되는 운동이 무엇입니까?

그것은 진실·질서·화합의 이념 속에 국민의 의식을 개혁하여 21세기 새로운 한국을 창조해 가는 바르게살기 국민운동의 부활일 것입니다.

이제 우리는 병든 시대상을 치유하고 대한민국의 복된 내일을 건설하기 위해서 새로운 국민정신운동의 횃불을 높이 들어야 합니다. 그리하여 시대적 사명을 다할 국민화합 실천운동을 전개하는 데에 바르게살기운동이 앞장서야 합니다.

나는 내 임기 동안 바르게살기운동을 튼튼하게 뿌리내리게 하고 전 국민의 생활 운동으로 확산시키겠다고 마음속 깊이 다짐했다. 그것이 내가 국가에 충성하는 가장 확실한 방법 아니겠는가.

나의 취임과 더불어 함께 출범한 바르게살기운동 16개 시·도 협의회 회장님은 다음과 같다.(경칭 생략)

서울특별시 회장 이병기
부산광역시 회장 김종백

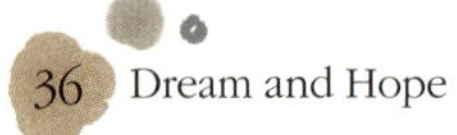

대구광역시 회장 이정원

인천광역시 회장 김의식

대전광역시 회장 이시찬

울산광역시 회장 조종래

경기도 회장 이재문

강원도 회장 윤헌영

충청북도 회장 이광희

충청남도 회장 문인규

전라북도 회장 정태진

전라남도 회장 양점용

경상북도 회장 권영창

경상남도 회장 최효석

제주도 회장 강상훈

취임식 후에 이어서 이달곤 행정안전부 장관과 나는 국민운동 실천협약을 체결하였다.

그리고 취임식 및 결의대회 후에는 윤형주, 배일호, 이은하 등 유명 가수와 성악가, 뮤지션 등이 출연한 가운데 바르게살기 한마음 음악회를 개최한 것도 감사한 일이었다.

04 | 바르게살기의 횃불을 들고

바르게살기운동의 심벌마크는 횃불이다. 굳게 악수하는 삼각의 심장 위에 세 가닥 횃불이 빛을 발한다. 타오르는 세 개의 불꽃은 진실·질서·화합의 상징이며, 심장은 인류에 대한 뜨거운 사랑과 사회봉사의 실천을 의미한다. 그리고 굳게 잡은 두 손은 신뢰를 통한 국민 화합을 상징한다.

이제 나는 바르게살기의 전도사가 되었다. 그동안 과연 너는 바르게 살아왔는가 하고 물으면 나 자신도 힘차게 고개를 끄덕일 자신이 없다. 그러나 분명한 것은 "바르게 살자!"의 구호가 인간 개개인의 근본 도덕률이 되어야 한다는 것이며, 그것만이 대한민국을 더욱 선진화시킬 수 있는 근거라는 것이다. 이제 나부터 바르게 사는 훈련을 열심히 하면서, 이웃에 사회에 국가에 바르게살기의 뜨거운 횃불을 전달해야 하는 것이다.

회장으로 맨 처음 한 일은 중앙회 사무실의 이전이었다. 기존의 사무실은 국민운동 단체의 사무실이라고 하기엔 너무도 초라했다. 나는 결단을 내리고 중앙회 사무실을 양천구 목동 오목교역 바로 위에 위치한 대학학원 빌딩 3층(약 500평)으로 이전했다. 조직운영과 행정 경험이 풍부한 정상대 박사를 사무총장으로 초빙하고, 곁에서 항상 나를 도와주는 서한샘 박사께 정책기획위원장 일을 위촉했다. 그리고 행정안전부 사무관 출신인 배석한 선생님을 기획국장으로 모셨다. 바르게살기운동의 확산에 필요한 것이 무엇인가? 나는 신문의 발행이라고 보았다. 그래서 「바르게 신문」을 월간으로 발행하기로 하고 유승용 편집주간을 비롯한 신문사 조직도 짰다. 이렇게 진용이 짜여지고 본격적 활동에 돌입하자, 전국 16개 시·도 협의회에서도 이제는 신바람 나게 봉사활동을 할 수 있겠구나 하는 응원의 소리가 들려 왔다. 마음을 얻으면 일은 이미 성사된 것 아닌가. 단시간에 조직을 안정시키고 나는 본격적 활동을 시작했다. 물론 이러한 일의 진행에 필요한 자금은 모두 사재로 충당되었다.

 전국 시·도 순방

중앙회장에 취임하고 조직의 안정을 이룬 후에 내가 먼저 한 일은 전국 16개 시·도를 초도 순방하는 일이었다. 전국 조직의 현주소를 파악하는 것이 급선무였다.

나는 중앙회 고위 임원들과 함께 전국 순방의 강행군을 시작했다. 경북, 대구, 울산을 시작으로 인천, 경기도, 대전, 충남, 충북, 강원도, 광주, 전남, 전북, 부산, 경남, 서울 등지를 숨가쁘게 돌았다. 각 시·도 협의회장과 간부들은 우리 일행을 정성스럽게 맞아 주었다. 각 지역별로 시·군·구 회장단과의 간담회를 개최하여 그 분들의 노고를 치하해 드리고, 바르게살기운동의 시대적 당위성을 역설했다. 그리고 시·도 회장들의 주선으로 각 시·도 지방자치단체장을 예방하여 바르게살기운동에 부어주신 애정과 후원에 사의를 표하고 바르게살기운동이 더욱 확산될 수 있도록 도와주시기를 진심으로 청했다.

서울특별시 오세훈 시장을 비롯해서 허남식 부산광역시장, 안상수 인천시장, 박성효 대전시장, 김문수 경기도지사, 이완구 충청남도지사, 정우택 충청북도지사, 김태호 경상남도지사 등 많은 분의 따뜻한 격려가 고마웠다.

경남도청을 예방하였을 때 접견실에 걸린 지도가 지금도 내 인상에 강하게 남아 있다. 대한민국 지도를 거꾸로 걸어 놓은 지도를 보고 내가 의아해하자, 김태호 도지사는 호탕한 웃음을 웃으며 말했다.

"경상남도는 더 이상 한반도의 끝자락에 있는 곳이 아닙니다. 지도를 거꾸로 해 보면 경상남도가 한반도 전체를 리드하는 위치에 옵니다. 발상의 전환, 그것이 창조의 원동력이지요."

이러한 분들이 대한민국을 리드하고 있구나 생각하니 절로 흐뭇했던 기억이 강하다.

바르게살기운동의 거대한 조직이 실천하는 국민계몽운동, 봉사활동은 다양하다.

나는 중앙회장으로서 정부 부처와의 공조 체제가 필요함

을 깨닫고 행정안전부, 법무부, 환경부와 업무 협약을 체결하였다. 그리고 법질서 확립 운동, 녹색생활 실천 운동, 근검절약 생활화 운동, 나눔과 배려의 봉사 운동, 계층간·지역간·세대간에 증폭되는 갈등의 해소와 국민에너지 결집 운동 등을 전개해 나갔다.

해마다 전국적으로 전국회원대회(1만여 명 이상 참석), 여성지도자대회(전국 임원 2천여 명 참석), 전국녹색지도자대회(1만여 명 이상 참석)가 규모 있고 알차게 열리고 있으며, 다문화 가정돕기, 불우이웃돕기, 효 사상 선양하기, 환경정화운동, 학교폭력예방 캠페인 등 각 지역에 맞는 다양한 봉사와 나눔 활동이 활발하게 전개되고 있다.

▲ 2010 바르게살기운동 전국회원대회

06 | 국고 지원 사업의 전개

바르게살기운동을 이끌면서 감사한 것은 전국 16개 시·도 회장들의 헌신적인 활동이었다. 대부분 바르게살기운동을 오랫동안 해 온 분들로서 사재를 털어 단체를 이끌어 가고 계셨고 각 지방자치단체와 원활한 협조 속에 국민운동 정신을 잘 구현하고 있었다. 이에 비한다면 중앙회는 빈약하기 짝이 없었다. 사무실, 직원 조직은 말할 것도 없고 내놓을 만한 중앙회 자체 사업도 변변한 것이 없었다.

내가 회장을 맡으며 사무실과 조직은 정비했으나, 항구적인 모습은 아니었다. 무항산(無恒産)이면 무항심(無恒心)이라는 말은 단체에도 적용되는 것이다. 자체적인 중앙회관 마

련도 시급하고 중앙회 자체의 국고 지원 사업의 개발과 추
진도 시급했다. 바르게살기운동중앙회는 그동안 정부 지원
사업을 전혀 하지 못하고 16개 시·도의 활동을 권장, 노력하
는 위치에 머물러 있었다.

이래선 안 된다. 중앙회 자체의 사업을 개발해서 국고 지
원을 받아야겠다. 나는 그렇게 결심하고 중앙회가 자체적
으로 해야 할 일을 점검해 보았다. 그리고 '밝고 건강한 국
가·사회 건설'이라는 슬로건 아래 세부 사업을 크게 세 가닥
으로 정리했다.

첫째는 성숙한 시민의식 형성 사업이었다. G20 정상회의
개최에 즈음하여 글로벌에티켓 캠페인을 전개하고, 병들어
가는 사이버문화를 치료하기 위해 대학생을 중심으로 한 건
전한 IT문화, 선플달기 운동을 전개하고, 선진시민의식 정착
을 위한 교육사업을 첫째로 삼았다.

둘째는 글로벌국가이미지 정립 사업이었다. 언론을 통해
국가가 왜곡된 이미지를 시정하고, 인터넷 및 온라인을 통해
국격 향상을 위한 시민의식 캠페인 전개를 둘째로 삼았다.

셋째는 청소년에 대한 바르게살기운동의 확산과 가정사
랑 실천 운동 사업이었다. '바르게 대학생단'을 조직하고 초
등학교에 '바른생활 학생봉사단'을 창설하며, 바른 가정문화

정착을 위한 사업을 셋째로 삼았다.

2009년 연말에, 우리는 완성된 사업 계획을 가지고 10억 원의 국고 지원을 받기 위해 백방으로 뛰었다.

국회 여야 의원들에게 필요성을 누누이 설명하고 지지를 당부했다. 이 일을 하면서 나는 가끔 쓴웃음을 짓곤 했다. 아마 내 개인 사업이었다면 이렇게까지 심혈을 기울이지는 않았으리라는 생각이 들었기 때문이다.

그동안 국고 지원을 받아본 적이 없었던 바르게살기운동이 드디어 법률의 뒷받침은 물론 국고의 지원까지 받는 명실상부한 단체로 거듭난 것을 확인하는 순간 나는 오히려 엄숙한 기분이 들었다. 그것은 공익기관으로서, 국민의 의식을 선진화시켜 나가는 막중한 책임을 가진 단체로서의 바르게살기 사명을 더더욱 깊이 인식했기 때문이었다.

나는 또 중앙회장 취임 후 2년여 동안 중앙회와 전국 시도 사무처의 행정체계를 확립하는 데 온갖 정성을 다 쏟았다. 그 결과 전국의 바르게살기운동 임원이나 일반회원들로부터 "중앙회의 모든 조직운영 및 행정체계가 확실하게 자리를 잡아 마음이 든든하다. 참 기분이 좋다."는 인사를 들을 때는 나 역시 정말 기분이 좋았다.

그리고 얼마 전에 전국 16개 시도협의회의 조직운영 및 사무행정체제가 전국적으로 '상향 평준화'되었다는 사실을 두 눈으로 확인하고 얼마나 마음 흐뭇했는지 모른다.

바르게살기는 2009년 3월 내가 중앙회장을 맡고나서 2010년, 2011년 2년 연속 국고 지원 사업을 전개하고 있으며 조직규모도 더욱 탄력을 받아 2010년 12월 현재 전국 16개 시·도, 235개 시·군·구 협의회(비자치구 포함), 3,267개 읍·면·동 위원회에, 전국 회원 62만 명을 보유한 국민정신운동 단체로 우뚝 섰다.

그동안 심혈을 기울여 오신 전국 회원 여러분께 머리 숙여 감사할 뿐이다.

▲ 바르게대학생단 '너울가지' 회원과 함께

07 | 어떻게 사는 것이 바르게 사는 것인가

어떻게 사는 것이 바르게 사는 것인가? 정말 어려운 문제이다. 깊이 파고들어 가면 그것은 '바르게살기운동'이라는 단체의 이름을 넘어 인간 삶의 근본적 물음이라 할 철학의 문제이기 때문이다. 인간의 역사가 있어온 수천 년 동안 수많은 철학자들은 무엇이 가장 바르게 사는 것이고, 어떤 세상이 가장 바른 세상인지 아직도 정답을 찾지 못하고 있다.

'바르게살기운동'에 몸담으면서 받는 질문 가운데서 가장 어려운 것이 "어떻게 사는 것이 바르게 사는 것이냐?"는 물음이다. 바르게살기운동 중앙회 회장으로서는 가장 기초적이고 근본적인 물음인데도 나는 답을 못한다. 그때마다 "아직 해답을 찾지 못했다"거나 "지금 열심히 답을 찾고 있는 중이다"고 답한다. 그러나 나는 알고 있다. 그 정답을 영원히 찾지 못할 것이라는 분명한 사실을….

얼마 전 '바르게 산다는 것의 의미'(토머스 G. 플랜트)라는 책을 접하게 되었다. 어떻게 하면 윤리적 결정을 잘 내릴 수 있을까를 고민하는 우리에게 안내서 역할을 해 주는 책이다. 저자가 절대적 도덕률의 잠재적 한계로 제시한 사례를 소개한다.

— 한 남자가 당신 옆을 지나쳐 갔는데 그 남자는 칼을 든 다른 사람에게 쫓기고 있고 어떻게든 숨으려 한다. 그 사람이 숨은 곳을 당신은 알고 있다. 이때 그를 쫓던 남자가 당신에게 다가와 그 남자가 어디에 숨었는지 묻는다. 숨어있는 남자를 찾아내면 죽일 것이 뻔한데 당신은 진실을 말하겠는가, 아니면 거짓말을 하고 그 남자의 생명을 구하겠는가? —

이 같은 경우 공리주의적이고 자기중심적인 접근에 따르면 진실을 말하지 않는 것이 낫지만 "항상 진실을 말하라"는 절대적 도덕률에 따르면 결과야 어떻든 당신은 칼을 든 남자에게 그 남자가 숨어 있는 곳을 말해야 한다.

저자는 우리에게 "살인자에게도 우리는 친절해야 하는
가?"라고 묻는다. 절대적 도덕률 입장에서 접근할 때 부딪히
는 이 같은 문제는 궁극적으로는 윤리적 결정의 딜레마이지
만 바르게살기의 딜레마일수도 있다는 생각을 해 본다. 우리
는 어디까지 정직해야 하는가? 어쩌면 '정답은 없다'고 하는
것이 정답일지도 모르겠다. 그럼에도 불구하고 분명한 것은
요즘같이 바르게살기가 어려운 세상일수록 더욱 바르게 살
아야 한다는 사실이다.

우리나라에는 3개의 커다란 국민운동단체가 있는데 이들
국민운동단체들은 나름대로 전성기가 있었다. 자유총연맹의
전성기를 이승만 대통령의 건국기라고 한다면, 새마을운동은
박정희 대통령의 산업화기를 전성기라 할 수 있을 것이다.

그럼 바르게살기의 전성기는 언제인가? 단언컨대 바르게
살기의 전성기는 지금까지 없었다. 그리고 역설적인 접근이
지만 바르게살기의 '전성기'는 앞으로도 오지 않았으면 하는
것이 나의 간절한 바람이다. 바르게살기운동이 전성기를 맞
이한다는 것은 곧 인간의 윤리 도덕과 도리, 법질서, 기본예
절, 가치의 혼란과 혼동 등 인간사회의 총체적 위기를 말하
는 것일 수도 있기 때문이다.

‘바르게 산다’는 것은 특정 개인이나 특정시대에 한정된 문제가 아니라 우리 모두의 영원한 역사적 과제임에 틀림이 없다. 그래서 특정시대를 기준으로 할 경우 바르게살기운동의 전성기는 지금까지도 없었지만 앞으로도 없을 것이다. ‘바르게살기’가 인간의 영원한 과제이듯이, 지구상에 인간이 존재하는 한 바르게살기운동은 어떤 이름, 어떤 형태로건 끝없이 전개될 것이다. 역설적 결론이라 해도 좋다. 바르게살기는 어제, 오늘, 내일이 모두 전성기인 것이다. 그리고 바르게살기운동은 세계로 뻗어나가야 한다. 바르게살기운동의 세계화, 그것이 우리가 할 일인 것이다.

02 | 드디어 학교 설립의 꿈을 이루다

01 | 은광여중·고 이사장 취임

2002년 12월 28일은 내 평생에 잊을 수 없는 날이다. 내 나이 50이 되어, 드디어 내가 꿈꾸어 온 평생의 꿈을 실현하게 되었기 때문이다. 서울특별시 강남구 도곡동 938-10 은광여자중·고등학교 재단 이사장 취임.

그날 새벽에 일어난 나는 서재에서 혼자 깊은 사색에 잠겼다.

지나온 세월이 주마등처럼 흘렀다. 내 고향 충남 서천에서 보냈던 가난한 어린 시절, 큰형님 댁에 몸을 의탁해서 서울 통학의 고달픔을 견뎌냈던 경기도 파주에서의 생활, 우연히 교육의 길로 접어 들어 직업학교 아이들을 가르치고 학원 경영에 뛰어들며 온갖 역경을 이겨냈던 세월들, 대학학원이 부도날 것이라는 악소문에 시달리면서도 선생님들과 뜻을 맞춰 이를 악물고 버텨낸 순간 순간들, IMF의 위기를 극복하고 부도난 회사를 일으켜 세웠던 일, 코스피 상장 기업으로서의 비전 속에 건축 사업에의 진출, 그리고 드디어 은광여중·고 재단 이사장 취임.

참으로 숨가쁘게 달려온 삶이었다. 한눈 한 번 팔지 않고 달려온 길이었다. 그 삶의 길 위에 비전을 심고 신의를 심고 열정을 심고 달려왔다.

어떤 한 가지 일을 생각하면 곧장 행동하는 불도저 같은 삶의 패턴이 바로 내 방식이었다. 사교육에 종사하면서 학원 교육을 비하하는 주변 분들을 많이 접해 보았다. 학원은 교육이 아니라 장사꾼이라는 비아냥을 받기도 했다. 물론 학원 종사자 중엔 그런 사람도 있을 것이다.

그러나 학원도 교육청의 허가와 감독을 받는 어엿한 교육기관이다. 사업이기 때문에 이윤을 추구하는 것이 당연한 일이지만, '학원'이란 이름 자체가 '배움터'란 뜻이 아닌가? 교육에 충실하지 않고 어찌 학원이 존재하겠는가?

그러면서도 나는 항상 기회가 오면 내 손으로 중·고등학교를 꼭 설립하겠다고 마음속으로 서원(誓願)하고 있었다. 그런데 드디어 그 꿈이 이루어진 것이다.

아내가 차려준 아침 식탁에 앉아 나는 아내의 손을 넌지시 잡았다.

"여보, 고마워, 당신 덕에 학교 이사장이 되네!"

말끝에 눈물이 핑 돌았다. 아내도 감회가 남다른 듯했다.

학교는 들떠 있었다. 선생님들과 학생들이 손님을 맞이하고 있었고, 학교는 깨끗하게 정돈되어 있었다.

"이사장님, 어서 오세요, 축하합니다."

교장 선생님의 밝은 목소리가 내 귀를 울렸다 원장, 원장 하고 불리던 나에게 이사장이란 이름이 덧붙여지는 순간이기도 했다.

많은 손님이 와 주셨다. 교육감을 비롯해서 교육계의 여러 어른들, 국회의원, 시의원을 비롯한 여러분들, 내가 활동하는 양천구, 그리고 학교가 있는 강남구 구청장을 비롯한 각 기관장들, 나와 관계 있는 각 단체 분들, 친구들, 친척들, 그리고 학부모 여러분들.

체육관을 겸한 강당에는 은광여중·고 학생들이 가득히 도열해 있었다. 얼마나 사랑스런 은광의 딸들인가. 그래, 내가 너희들을 위해 열심히 뒷바라지해 줄게. 너희들은 그저 무럭무럭 자라고 공부만 잘 해 주면 된다. 내 머리에는 먼저 학교 전체를 재정비하고 환경미화부터 해야 되겠다는 생각으로 가득찼다.

식이 진행되었다. 드디어 내가 취임사를 할 차례다. 취임사는 비서실에서 준비를 했고 내가 손을 보아 잘 정돈이 되어 있었다. 그러나 단 앞에 서서 아이들을 마주 하자 그들에게 형식적인 취임사를 읽어 주고 싶지 않았다. 살아 있는 나의 목소리, 내 뜻을 전하고 싶었다. 나는 준비된 취임사 원고를 읽다가 덮어 버렸다.

"사랑하는 학생 여러분, 여러분에게 들려주기 위해 취임사를 준비했지만 접어두고, 내 마음속 진심을 여러분에게 그대로 전달하겠습니다.

나는 지금 이 순간을 하늘에 감사합니다. 나에게 은총을 내리신 하나님에게 감사합니다. 사랑스런 여러분을 내 딸들로 보내주신 하나님에게 감사합니다.

은광의 딸들 여러분, 나는 고학으로 학교를 마친 사람입니다. 내 고향 충남 서천에서 일찍이 부모님을 여의고 13살의 몸으로 달랑 차비만 들고 서울로 올라온 사람입니다…."

그 이야기를 하는데 왈칵 눈물이 복받쳐 더 이상 말을 이을 수가 없었다. 마음을 진정하고 말을 이으려 했지만 소용 없었다. 어린 시절의 그 아픈 추억들, 살아가면서 겪었던 고

비고비의 서러움들이 주마등같이 흘러서 내 말을 마디마디 끊어내고 있었다.

나는 참 바보스럽게도 수많은 귀빈과 아이들 앞에서 눈물로 범벅이 된 취임사를 하고야 말았다.

"… 여러분 앞에서 약속합니다. 학교의 시설을 아름답게 바꾸어 놓겠습니다. 여러분이 마음껏 공부할 수 있는 환경을 만들어 놓겠습니다. 선생님들이 자부심을 가지고 여러분을 가르칠 수 있도록 선생님 대접을 잘 하겠습니다.

대신 여러분도 약속해 주십시오. 자랑스러운 은광의 딸들이 되어 모교를 빛내겠다고."

아마도 아이들은 그날의 나를 울보 이사장으로 기억했을 것이다.

▲ 취임식장에서 축가를 경청하는 필자 부부

02 | 김정열 선생님을 교장으로 모시다

이사장 취임식장에는 내 중학교 1학년 때의 담임 선생님인 김정열 선생님도 계셨다.

김정열 선생님, 내 마음엔 항상 아름다운 미소로 남아 계신 선생님. 내 인생에 가장 큰 영향을 준 분을 꼽으라면 나는 서슴지 않고 김정열 선생님을 꼽는다.

나는 초등학교를 내 고향 서천에서 마쳤다. 너무 가난해서 학교를 다니다 말다 하고 겨우 졸업을 했다. 중학교 갈 형편도 되지 못해서 합격한 서천중학교 진학도 포기해야만 했다.

막내 동생의 버려진 모습이 너무 딱했던지 경기도 파주에서 군대 생활을 하는 큰형님이 연락을 보내왔다. 형님은 군인이셨다. 큰형님 도움으로 나는 서울역 앞 언덕에 있는 수도중학교에 입학을 했다. 적령기의 다른 학생보다 나이가 세 살이나 많은 열여섯 살 때였다.

파주에서 서울까지 철도 통학을 하는 데는 오고 가고 네 시간 이상이 걸렸다. 나이는 많았고, 등록금도 제대로 내지 못하는 형편이었고…. 무엇 하나 자신 있는 것이 없었던 나였다. 그냥 내버려 두었다면 아마도 나는 제풀에 중도 탈락했을 것이다.

그런데 내 앞에 김정열 선생님이 나타나신 것이다. 선생님은 대학을 졸업하고 선생님이 되신 이듬해에 첫 담임으로 우리 반 1학년 10반을 맡으셨다.

선생님은 처음부터 나에게 각별한 관심을 가져 주셨다. 내 가정 형편을 아시고는 때로는 친누나처럼, 엄마처럼, 그리고 때로는 아주 엄격한 사감처럼 나를 지도해 주셨다.

선생님은, 너는 앞으로 큰 일을 할 테니까 지도력을 키워야 한다면서 중1때부터 HR실장을 맡기고 JRC(Junior Red Cross) 대표를 시키셨다. 중2 말에는 전교 학생회장으로 출마를 시켜 주셔서 연설문을 써 주시고 연습도 시켜 주시곤 했다. 나는 선생님 덕분에 수도중학교 전교 학생회장을 했고 JRC 서울시내 학생 대표를 지내기도 했다.

고아처럼 자라난 나에게 꿈과 희망을 심어 주고 지도력을 길러주신 분, 오늘날의 성공의 기틀을 쌓을 수 있도록 길러

준 영원한 나의 멘토, 김정열 선생님.

나는 퇴직을 하고 쉬고 계시는 선생님에게 간청을 했다.

"선생님, 은광을 일류학교로 일으켜 세우고 싶습니다. 선생님의 열정이 꼭 필요합니다. 학교로 복귀해 주십시오."

선생님은 펄쩍 뛰셨다. 지금처럼 편안하게 여유 있게 사시는 것이 가장 좋다고 하셨다. 그러나 선생님은 결국 내 청을 들어 주셨다.

선생님하고 나하고는 참 강한 인연을 가지고 있다. 중학교 3년 동안 나를 알뜰히도 챙겨주셨던 선생님을 졸업하고는 만날 기회가 없었다.

그런데 김정열 선생님을 참으로 우연히 영등포역 앞 내가 경영하는 학원에서 만나게 된 것을 어떻게 설명할 수 있을까? 학교 졸업 후 12년 세월이 흘러 있었고 선생님은 학교를 그만 두고 자유롭게 살고 계셨다. 나는 선생님께 간청하여 우리 학원 영어 선생님으로 모셨다. 그것은 대박이었다. 선생님은 영국에 연수를 다녀오신 해외통 영어 선생님이셨다. 발음, 교수법도 일류이셨지만 남에게 지고는 못 배기는 열정을 누가 따라갈 수 있겠는가? 선생님 덕분에 우리 학원은 초창기 특목고 붐을 리드하는 학원이 되었다.

그렇게 학원에서 핵심 역할을 하시다가 이제는 쉬고 싶다고 손을 놓은 지 2년이 되시는 때였다. 학교와 학원 생활을 두루 경험하며 최상의 교수법을 터득하신 선생님. 나는 김정열 선생님을 꼭 모셔야만 했다.

나의 예상은 적중했다. 60에 가까운 선생님이셨지만 학교 현장에 복귀하자 단숨에 선생님들과 학생들을 장악해 나가셨다. 그것도 사랑과 실력과, 따뜻한 토닥거림으로 말이다.

선생님은 중학교 영어 강사 1년을 거쳐, 2004년에는 중학교 교장직을 1년 하셨다. 중학교 교장을 하실 때 벌써 일을 내셨다. 은광여중은 60년 역사 이래 과학고 입학이 단 1명뿐이었다고 했다. 2003년에는 과천외고 1명 입학이 실적의 전부라고 했다. 얼마나 형편없는 실적인가? 그런데 선생님이 교장직을 맡은 2004년의 실적은 너무도 놀라웠다.

중3 졸업생 150명 중에서 한성과학고 1명, 서울 과학고 1명, 특목고 15명 합격이라는 입이 쩍 벌어지는 놀라운 실적을 올리신 것 아닌가? 역시 우리 선생님이셨다.

나는 다음 해 2005년에 안심하고 김정열 선생님을 은광여고 교장 선생님으로 모셨다. 그것은 은광여고 일류 프로젝트의 발동이기도 했고, 내 마음속 깊이 간직한 보은(報恩)의 표현이기도 했다.

03 | 재단을 인수하기까지

나는 좋은 환경에서 순탄하게 학교생활을 해 본 사람이 아니다. 역경을 뚫고, 어쩌면 억새풀처럼 끈질기게 생명력을 발산해 온 사람이다. 그러기에 나는 인생의 굴곡을 가진 사람을 좋아한다. 좌절을 딛고 성공한 사람의 이야기를 좋아한다.

내가 사랑하는 사람

정 호 승

나는 그늘이 없는 사람을 사랑하지 않는다.
나는 그늘을 사랑하지 않는 사람을 사랑하지 않는다.
나는 한 그루 나무의 그늘이 된 사람을 사랑한다.
햇빛도 그늘이 있어야 맑고 눈이 부시다.

나무 그늘에 앉아

나뭇잎 사이로 반짝이는 햇살을 바라보면

세상은 그 얼마나 아름다운가.

나는 눈물이 없는 사람을 사랑하지 않는다.

나는 눈물을 사랑하지 않는 사람을 사랑하지 않는다.

나는 한 방울 눈물이 된 사람을 사랑한다.

기쁨도 눈물이 없다면 기쁨이 아니다.

사랑도 눈물 없이 사랑이 어디 있는가.

나무 그늘에 앉아

다른 사람의 눈물을 닦아 주는 사람의 모습은

그 얼마나 고요한 아름다움인가.

그랬다. 내 삶이 아팠기 때문에, 내가 남들이 일상적으로 하는 정규 과정을 밟아 공부하지 못했기 때문에, 사람들이 정당한 교육자로 보아주지 않는 학원 경영자이기 때문에, 그리고 내가 존경하는 김정열 선생님이 교장 선생님이었으면 좋았겠다고 평소에 소망했기 때문에, 나는 때가 되면 꼭 학교를 설립하리라 마음 먹고 있었다.

학원가에 중고등학교를 설립하여 존경받는 분 중에 홍성대 선생님이 계시다. 그 분은 정석 수학의 저자로 일가를 이루신 분이다. 그분은 나를 사랑해 주셔서 대학학원을 목동 오목교에 개원했을 때 찾아와 축하해 주시기도 했다. 그분이 전주에 아버님 아호를 따서 상산고등학교를 세우신 것을 보고 얼마나 부러웠던가. 상산고등학교는 전국에 여섯 개밖에 안 되는 자립형 사립고로 명문이 되어 있지 않은가.

"김 원장, 학교 할 뜻이 없소? 마침 훌륭한 학교가 주인을 찾고 있는데…."

교육계 선배님으로부터 권유를 받았을 때, 나는 마치 전류에 통한 듯한 느낌이었다. 강남 도곡동에 있는 은광여중·고이었다. 은광은 광복 이듬해인 1946년에 설립된 역사가 오랜 학교였다. 예전에는 말죽거리에 위치했었지만 지금은 강남의 중심 주택지로 위치가 변해 있다.

은광하면 고적대가 유명하고 농구부로도 유명한 학교이었다. 그런데 설립자가 어떤 사건에 연루되어 학교가 약 20여 년간 서울시 교육청에서 파견한 관선이사에 의해 운영되는 문제 학교로 전락되어 버렸다. 학교는 점차 황폐해져 갔고 학생들은 은광에 배정되면 잘못 배정받았다고 울고불고 했다고 한다.

그 은광을 더는 관선이사에게 맡겨 방치할 수 없다는 판단 아래 서울시 교육청이 나서서 재단 인수자를 공모한다는 것이었다.

나는 즉시 회사 내에 학교 인수를 위한 팀을 짰다. 그리고 본격적으로 인수 작업에 나섰다. 그 과정은 참으로 험난했다.

처음 공모에 응한 기업(또는 개인)은 나를 포함해 여섯 군데였다. 치열한 심사를 거쳐 두 군데가 최종 선발되었는데 내가 2등을 했다. 이제 마지막 심사에서 하나가 선택될 것이었다. 나는 깊은 묵상에 잠겨 앞날을 가늠해 보았다.

나는 왜 은광여중·고를 인수하려 하는가? 이미 그 답은 나와 있었다. 사립학교를 운영한다는 것은 이미 기피 대상이 된 지 오래되었다. 사립학교는 설립 자금의 투입에 비해 과실은 별로 없었다. 아니, 학교 재단에 투입된 자금은 이미 개인의 것이 아니었다. 자손들에게 물려주기 위해서라면 학교는 더더욱 의미가 없는 것이었다.

더군다나 사립학교법의 제정으로 말미암아 재단이사마저 이사장 뜻대로 선임할 수 없는 처지 아닌가? 사립학교법 제정을 막아 보겠다고 학교 이사장들이 삭발하고 투쟁하는 현실 속에서 거금을 들여 학교를 운영하겠다는 발상은 현실에 맞지 않는 바보짓처럼 보일 수도 있는 것이었다.

그러나 학원을 운영하고 있는 나의 꿈은 정말로 내 교육 이념을 실천할 수 있는 학교를 설립해 보는 것이었다. 어떤 학교를 설립할 것인가? 답은 자명하다. 일류 학교를 설립할 것이다. 그런데 일류 학교란 무엇인가? 소위 SKY대학, 서울대, 연대, 고대만 보내면 일류학교인가? 그렇지만은 않을 것이다. 나는 일류 학교를 이렇게 정의해 보았다.

일류 학교란, 재단이 튼튼해야 한다. 재단은 확고한 교육관 속에 최선을 다해 학교를 지원해 주어야 한다.

일류 학교란, 교사가 뛰어나야 한다. 교사는 제자에 대한 뜨거운 사랑 속에 뛰어난 교수법을 학생 지도에 쏟아야 한다.

일류 학교란, 학생이 마음껏 공부할 수 있도록 학습 환경이 조성되어야 한다. 커리큘럼의 진행, 방과 후 특별학습, 야간 자율학습도 학생의 눈높이에 맞게 계획되고 실천되어야 한다.

결국 일류 학교란, 재단과 교사와 학생들의 뜻과 마음이 일치되어야 이루어질 수 있는 것이다.

나는 재단 인수자를 결정하는 마지막 심사에 대비해 학교 운영 계획안을 직접 짜 나갔다. 재단에 기부할 수익용 재산, 해마다 재단에 출연할 기부금, 학교 환경 개선의 방향, 교사의 연수 계획, 학력 제고의 방법, 특성화 교육의 방향 등 모든 것에 직접 참여하여 세밀하고 완벽하게 짜려고 노력했다.

나는 학교 재단에 내 재산 200억 원 상당을 출연하기로 했다. 그것은 내 일생에 있어 가장 어려운 결단이었다. 내 자식들에게 물려줄 수도 있는 귀한 재산을 학교 재단에 헌납하는 것이다. 그러나 나는 재물을 버리고 교육의 귀한 뜻을 사기로 했다. 그리고 최종적으로 관선이사들 앞에 나가 내가 직접 브리핑을 했다.

진인사대천명(盡人事待天命)의 마음으로 기다린 보람이 있었다. 드디어 은광여중·고의 재단 인수자로 내가 결정되었다.

▲ 학교 행사에서 김정열 교장 선생님과 함께 학생들에게 인사하며

04 | 교육을 위한 변해(辨解)

나는 사회 교육자로서의 길을 걸어왔다. 그리고 평생의 꿈인 학교 설립의 꿈을 드디어 이루었다.

아래의 글은 관선이사 체제로 운영되고 있었던 학교법인 은광학원(현 국암학원)을 정상화하기 위해 신청한 학교 출연 의향서 서류 중에서 "교육을 위한 변해"라는 부분의 내용이다. 소개하여 교육에 대한 내 생각을 밝히고 싶다.

인간의 만남에는 여러 가지의 유형이 있습니다. 그중, 가장 기본적인 만남은 부모와 자식 간의 만남입니다. 그것은 아무리 못나고, 아무리 없더라도 결코 떼어버릴 수 없는 만남입니다. 그래서 천륜(天倫)이라고들 합니다.

그런데, 저에게는 천륜에 버금가는 아름다운 만남이 있습니다. 중학교 1학년 어린 때에 스승과 제자로서 만나서 30년 이상 그 만남을 지속하였다면 그것은 가히 천륜이라고 할 수 있을 것입니다. 그것도 항상 옆에서 저를 지켜보아 주시고 제 삶의 방향을 이끌어주셨다면 천륜이라고 하기에 모자람이 없을 것입니다.

저는 충남 서천에서 태어나 일찍 부모님을 여의고, 군(軍) 생활을 하시던 형님 밑에서 성장하였습니다. 당시의 가난은 그 어느 누구도 비켜갈 수 없었기에 저도 초등학교를 마치자, 중학교에 진학할 형편이 되지 못하였습니다. 그러나 배우겠다는 일념으로 어린 나이에 2년 간 고철 줍는 일을 하며 학비를 모으고, 배움을 게을리 하지 않아 남보다는 늦었지만 중학교에 입학할 수 있었습니다. 그 때, 저는 지금의 훌륭한 은사님을 만나게 되었습니다.

1학년 때 담임 선생님이셨던 은사님께서는 늦다리 중학생인 제가 삶의 목적을 올바르게 설정하고, 올바른 인성을 형성할 수 있도록 큰 영향을 주셨습니다. 자칫 현실에 안주할 뻔했던 저를 항상 일깨워 끊임없이 노력하는 사람, 사회에 필요한 사람이 되도록 가르치셨습니다. 그래서 고학생인 저는 학교 학생회장으로서 학생들의 모범이 되고, 적극적인 학생이 될 수 있었습니다. 이러한 가르치심은 부모, 형제의 도움을 기대할 수도 없고 오직 스스로의 힘만으로 인생을 개척해야 하는 저에게 성실성과 도전 정신을 심어주는 계기가 되었습니다. 아무것도 갖지 않은 빈손이지만 무에서 유를 창조하게 하는 성실성과 도전 정신을 갖게 만들어 주셨습니다.

또한, 선생님께서는 저에게 세상을 긍정적으로, 아름답게 볼 수 있는 참사람이 되도록 인성 교육에 힘써 주셨습니다. 그리고 그것을 몸소 실천하셨습니다. 그 중에서도 선생님께서 실천하신 나눔의 정신은 저의 가슴에 깊이 새겨져 있습니다. 선생님께서는 저처럼 어려운 학생에게 더 많은 사랑을 주셨습니다. 그리고 그것을 꾸밈없이 실천하셨습니다.

이후, 제가 사회 교육자의 길로 들어섰을 때, 선생님을 찾아가 제가 큰 꿈을 실현할 수 있도록 도와 달라고 선생님께 도움을 청했습니다. 선생님께서는 제자를 위해 몸담으셨던 교직에서 물러 나와, 지금까지 물심 양면으로 저를 돕고 계십니다.

저는 교육을 통해 성장한 사람의 전형적인 예입니다. 교육의 힘을 온몸으로 느끼는 사람입니다. 한 번 잘못한 교육은 그 잘못된 효과가 오래 가고, 잘한 교육은 그 잘한 효과가 오래 가는 교육의 시차성(時差性)을 알고 있는 사람입니다. 그래서 저는 그동안 오직 교육만을 생각하면서, 교육 주변에서 미약하나마 교육 발전을 위해 이바지하는 한편 어려운 학생을 위해 장학 사업을 펼쳤고, 사회 봉사 활동을 통해 공동체 구성원의 의무를 다해 왔습니다.

어느덧 지천명(知天命)의 나이에 다다른 지금 저는 새삼 제 자신이라는 존재의 목적성을 생각해 보게 되었습니다. 내가 왜 세상에 태어났는가? 무엇을 위해 태어났는가? 라는 진지한 고민을 통해, 저 자신의 존재의 목적성은 교육을 통해 올바른 인간을 양성하고, 사회 발전에 이바지하는 교육자이어야 한다는 결론을 내리게 되었습니다. 그래서 지금까지 사업을 하면서 축적했던 물적 토대를 기초로 '교육'이라는 유종의 미를 거두기로 결심하였습니다. 이것도 역시 곁에서 저의 성장을 지켜봐 주시며, 이끌어 주셨던 선생님께서 이제는 '명예'를 생각하고, '아름다운 결실'을 이루라는 선생님의 조언이 있었기 때문입니다.

저는 서두에서 만남을 말씀드렸습니다. 저는 지금 이 자리에서 말씀드립니다. 은광학원 이사 여러분과 '교육'이라는 숭고한 이름 아래 아름다운 인연을 맺고 싶습니다. 교육이라는 인연으로 여러분과 지속적인 만남을 유지하고 싶습니다.

그 만남을 통해 미약하나마 많은 열매를 맺는 한 알의 밀알이 되고자 합니다. 저의 교육에 대한 열망을 아름다운 꽃으로 피울 수 있도록 여러분의 많은 성원을 바라겠습니다.

이 글 내용을 밝히는 것은, 내가 학원을 경영한다고 해서 단순한 장사꾼 내지는 사업가로 오해하시는 분들께 사교육도 공교육과 같은 교육의 영역임을 알리고 이해를 구하고 싶어서이다.

▲ 은광여고 학생들에게 훈화하시는 김정열 교장 선생님

05 | 은광에 쏟은 정성

　재단을 인수하고 내가 먼저 손댄 것은 학교의 리모델링이었다. 오랫동안 보수하지 않은 시설은 참 보기에도 민망했다. 나는 대학학원의 직원들을 총동원하여 학교 구석구석을 대청소하였다. 건물들의 내외벽을 모두 새롭게 단장하고 소공원을 꾸밈과 동시에 등하교 길을 꽃과 수목으로 단장했다. 학생들의 책걸상도 완전히 새로 갈았다. 화장실도 모두 뜯어 고쳤다. 그렇게 하고 나니 학교가 얼마나 환한가.

　아울러 시행한 일은 교사의 연찬회였다. 교사의 사명을 다시 다지고 책임 수업제를 도입하여 철저히 준비된 수업을 진행하도록 독려했다. 우수 교사는 과감히 표창하는 제도를 도입하고 교사 전원을 해외 연수시키기로 결정했다.

그 일환으로 2004년에는 150여 명의 교사와 직원 전원이 중국 북경과 백두산을 순례하는 연수를 실시했고, 2005년~2006년에 걸쳐 전 교사가 호주와 뉴질랜드 연수를 다녀오게 했다. 2008년에는 싱가포르와 인도네시아 연수를 실시했다.

선생님들의 자부심은 점차 커져 갔다. 학생들도 학교를 사랑하기 시작했다. 나는 학생들의 학력을 끌어올리기 위해 노력했다. 우선 학교에서 체벌을 완전히 없애고 '사랑의 대화' 상담을 적극 활용했다.

강남은 사교육의 온상이라고 한다. 우리 아이들도 학원에 많이 나가는 것으로 조사되었다. 또 내가 대학학원을 운영하고 있으니 학원 나가는 것을 탓할 입장도 아니었다.

그러나 나는 마음을 다잡았다. 실력을 보충하기 위해 학원에 나가는 것은 말리지 않는다. 그러나 학교가 면학 분위기가 되지 못해서 학원에 나간다면 그것만은 용납할 수 없다. 학교의 면학 분위기를 만들면 된다. 나는 우리 학교의 야간 자율 학습을 원칙적으로 학생의 자유로 정했다. 야간 자율 학습하기를 권장하지만 각자의 학습 스케줄이 있다면 안 해도 된다. 문제는, 어떻게 학생들이 학교에 남아 자율학습하는 것을 즐기도록 하는가였다. 나는 선생님들과 머리를 맞대고 몇 가지 방안을 짜내었다.

첫째, 야간 자율 학습 분위기를 정숙하게, 그리고 편안하게 유지한다.

둘째, 선생님은 단순 감독이 아니라 1:1 개인지도 교사의 역할을 한다. 그러기 위해 학습 자료를 정성껏 만들어 학생들에게 제공하고 진도를 체크한다.

셋째, 학생들과의 부단한 상담으로 학생들의 마음과 일체감을 갖도록 노력한다. 학부모와의 연계도 철저히 한다.

그러한 학사 일정을 김정열 교장 선생님은 당신의 성함처럼 정열적으로 집행해 나가셨고, 선생님들의 교수 태도는 완전히 달라져 갔다. 학부모들의 칭찬 소리도 들려왔다.

우리 학교는 학교의 국제화와 영어 특성화 교육의 실천을 위해 노력했다. 미국 호프웰 고등학교와 자매결연을 맺어, 매년 양국 학생들이 상대 학교 학생 집에 15일간 머물며 생활과 교육을 함께 체득하는 프로그램을 실시하고 있다.

은광여고 학생들은 1월에 미국에 가고 미국 학생들은 5월에 한국에 온다. 호프웰 학생들은 영어, 미술, 음악 수업에 참가하기도 하고, 한글, 사물놀이, 태권도, 한국 무용을 배운다. 또 이들은 전쟁기념관, 판문점, 이천도자기 축제, 운현궁 등을 방문하며 우리의 문화와 현실을 배운다.

우리 학교는 현재 3명의 원어민 교사를 초빙하여 영어회화, 특별활동, 수업 등을 펼치고 있다.

'전교생이 모든 과목 수업을 영어로 배우고 말하게 하는 것이 목표'라고 김정열 교장 선생님은 강조하신다.

그렇다. 정성을 쏟으면 안 되는 일이 어디 있는가. 처지는 아이들의 학력을 학교에서 잡아주고 보완해 주는데, 그리고 학교 선생님들이 학원 선생님보다 더 우수한데, 학생들이 학원으로 내몰릴 이유가 어디 있는가.

사교육비의 경감은 대입제도를 바꾸는 데에 있는 것이 아니다. 학원을 마구 세무 조사하는 데에 있는 것도 아니다. 사교육비의 경감 방법을 교사들은 알고 있다. 교사들에게 맡기면 된다. 그들이 아이들의 적성, 환경, 학력 수준을 철저히 분석하고, 개개인의 능력에 맞게 맞춤 학습식 커리큘럼을 운용하면 된다.

학원보다도 나은 시설에서, 학원보다도 잘 가르치는 선생님이, 학원보다 나은 학습 자료로 학생을 지도한다면 누가 굳이 고액을 들이며 학원에 나갈 것인가? 누가 굳이 초등학교, 중학교부터 해외 유학을 떠날 것인가? 기러기 아빠다, 펭귄 아빠다 호들갑을 떨 이유가 어디 있는가?

문제는 학교에 맡길 수 있는 여건, 학교 교사에게 맡길 수 있는 여건을 어떻게 조성하느냐에 달려 있는 것이다.

그러한 나의 신념과 정성은 학교 인수 3년 만에 완전히 꽃이 피었다. 2006학년도 대학 입시에서 자랑스런 은광의 딸들은 전국에서 1등을 하는 놀라운 실력을 보여 주었다. 서울대학교에만 13명이 합격하여 여학교 중에서 전국 1위를 하였으며 그 외의 입학률도 타의 추종을 불허했다. 학교는 그대로 축제 분위기였다.

나는 부도난 학교 은광여고를 인수한 지 3년 만에 일류학교를 어떻게 만드는지를 증명해 보였다. 물론 김정열 교장선생님의 노고가 가장 컸다.

▲ 은광여고 출신 톱탤런트 한혜진의 모교 방문

06 | 교육으로 국가 경쟁력을 높이자

지구촌의 모든 국가는 무한 경쟁의 시대에 돌입해 있다. 누가 어떻게 살아남는가는 개인의 문제이기도 하고 국가의 명제이기도 하다.

국가 경쟁력을 높이는 데 있어서 핵심은 무엇인가? 그것은 말할 것도 없이 교육 경쟁력이다. 더욱이 인적 자원이 가장 중요한 자원인 우리나라에서는 외국과 경쟁하여 살아남는 길은 교육밖에는 없다.

한국 근현대사의 발전 동력은 교육이었다. 일제 치하 때, 구국의 일념으로 민족 선각자들은 사재를 털어 사립학교를 설립했다. 일제가 관학 위주로 황국신민을 길러낼 때에 사학

(私學)은 저들에 맞서 목숨을 걸고 민족의 나아갈 길을 제시했다.

광복 이후, 넘치는 교육의 욕구를 공립학교로는 감당할 길이 없었다. 국가는 사립학교 설립을 적극적으로 권장했고, 교육에 뜻을 세운 많은 분들이 사유 재산을 과감히 던져 중고등학교를 세우고 대학교를 세웠다.

물론 학교를 설립하는 데에만 급급하다 보니 부작용도 있었으리라. 상아탑이 아니라 우골탑(牛骨塔)이란 비난도 나왔고, 학교 모리배란 지탄도 없지는 않았다. 그러나 극히 일부의 현상을 가지고 사립학교가 이 나라 발전에 공헌한 업적을 비하해서는 안 된다.

사립학교가 건학의 이념을 잃고 개성을 잃어버리게 된 결정적 사건은 평준화 정책에 있다. 1974년, 일류 고등학교 진학을 위한 경쟁의 폐해가 과열과외로 나타나고 중학졸업 재수생이 늘어나자 정부는 과감히 평준화 정책을 시행했다.

1974년에 서울, 부산 1975년 대구, 인천, 광주로 시작된 평준화 정책은 현재 전국으로 시행되고 있다. 학생 수로는 전체 인문고 학생의 51%에 해당된다.

이러한 평준화 정책은 한때 과열과외를 잠재우는 듯이 보였다. 그러나 교육 기회의 평등성 실현에는 성공한 듯했지만 학습자의 소질과 재능을 최대한 키워 주어야 한다는 수월성 추구에는 실패했다.

정부는 평준화 정책을 집행하면서 사립 중고등학교를 공립학교 교육의 틀로 끌어들였다. 학생들을 공사립 고르게 추첨 배정하면서 사립학교의 부족한 재정을 국가가 책임지게 되었다.

전국에 고등학교는 일반계, 실업계 포함하여 2,159개교가 있다. 그 중 사립학교는 942개교(일반계 653개교, 실업계 289개교)이다. 전체의 43.6%에 해당한다.

서울의 고등학교는 편차가 심해서 국공립이 79개교(36%) 사립이 141개교(64%)이다.

이 많은 사립 고등학교의 부족한 재정을 국가가 책임지고 있으니, 국가 교육재정은 엄청난데 각급 학교에 미치는 교육적 효과는 미미할 수밖에 없다.

게다가 국가의 재정에 절대적으로 의존해야 되는 사학은 자립성을 완전히 상실했다. 건학 이념은 사라지고 설립자의 교육 의욕도 없어지고 교육청 지시에 따라 움직여야 하는 천편일률적 교육에 길들여졌다. 그래서 모든 재정을 국가가 책임지는 공립보다도 더 못한 학교로 전락하게 되고 말았다.

이래 가지고서야 사립의 존재 가치가 어디에 있겠는가?

그러니 사립학교의 재단 이사를 학교운영위원회에서 뽑자는 무지막지한 말도 나오는 것이다.

그러나 평준화 정책이 하향 평준화, 교육의 획일화를 부추기다는 비판이 일자 정부는 90년대 들어 평준화 정책을 보완한다고 과학고, 외국어고 등의 특목고와 자립형 사립고의 설립을 서둘렀다. 소위 수월성 교육의 숨통을 튼 것이다.

당연히 그들 학교는 귀족 학교로 변질되고 위화감을 조성할 수밖에 없게 되었다. 그러자 이번에는 외국어고를 제한하는 조치가 마구 나오고 있다.

이러한 일련의 정책 집행은 그때 그때의 편의성에 따른 것이다. 그러니 국민은 갈팡질팡하고 사교육비는 천정부지로 뛰어오르는 것이다.

무엇이 해법인가?

사립학교를 설립 목적에 맞게 제 자리로 돌려 놓으면 된다. 평준화로 꽁꽁 묶어 놓은 족쇄를 풀어주면 된다.

사학(私學)의 정신에 맞게, 기독교 학교는 기독교 식으로, 가톨릭 학교는 가톨릭 식으로, 불교 학교는 불교식으로 원하는 학생들을 뽑아 건학 이념에 맞게 가르치면 된다. 물론 재정은 그들이 책임져야 한다. 그러기 위해서 정부는 자율적인 등록금 책정을 조정하고 동의해 주어야 한다. 만약 재정에 자신이 없는 학교라면 자립성을 키우는 기간 동안 평준화의 틀에 있어도 된다.

이제 공립은 진정한 평준화의 교육을 보여주어야 한다. 사학에서 회수된 교육재정은 온전히 공립학교에 쏟아야 한다. 그 교육재정을 바탕으로 해서 '공교육의 일류화'를 부르짖어야 한다.

학교 시설을 확충하고 교구재를 선진화하고 교사의 복지를 심화하고 수업 방식을 개선해서 공립학교를 우뚝 세워야 한다.

이렇게 사립과 공립이 각각의 제 자리를 제대로 잡아나가는데, 사교육비가 기승을 부릴 수 있을까?

혹자는 우려할는지도 모른다. 그렇게 되면 모든 사립학교가 귀족화되는 것 아니냐고.

현재의 자립형 사립고는 6개밖에 없다. 그들 학교는 희귀성 때문에, 또 우수한 학생들이 머리를 싸매고 들어오기 때문에 대학입시 성적도 우수하다. 그런데 1,000여 개 사립학교가 자율형이 된다고 하자. 희귀성이 있는가? 그들 학교가 입시 일변도에만 매달려서 특성화 학교로의 영역을 유지할 수 있을까?

　분명 '자립형'과 '자율형'은 개념이 다른 것이다. 이명박 대통령이 교육 문제의 해결로 고교 300 프로젝트를 제시하여 100개의 자율형 사립고를 다양하게 만들고, 기숙형 공립고 150개, 마이스터고 50개를 만들겠다고 공약한 것이 모두 국가의 진정한 경쟁력을 획득하자는 신념의 발로인 것이다.

07 | 사교육비 경감의 길

학교교육과 학원교육을 함께 이끌어 가는 나는 학교와 학원의 관계를 이렇게 정의하고 있다.

"학교와 학원은 대립적 관계가 아니다. 그 둘은 보완적 관계다. 학교는 달걀의 노른자와 같다. 학원은 흰자위다. 흰자위가 영양을 잘 공급해 주어야 노른자위가 샛노란 병아리로 부화하는 것이다."

그렇다. 학교교육, 즉 공교육이 우선이다. 공교육이 튼튼해야 한다. 정상화되어야 한다. 학원교육을 앞서야 한다.

학원교육은 학교교육의 보조적 입장에 서야 한다. 학생 개개인의 실력을 보완하고 학생 개개인의 욕구를 충족시켜 그들의 학교생활에 막힘이 없도록 도와주어야 한다.

그러나 학교교육이 중심이고 학원교육이 보조적이라는 논리는 말로만 되는 것이 아니다. 학교교육이 확고한 공교육으로 자리 잡아야만 그 관계가 올바르게 설정되는 것이다.

사교육비가 많이 든다고 야단이다. 기러기 아빠의 비극이 심심찮게 들리는 세태다. 바로잡아야 한다. 그러나 바로잡는다고 대학입시의 틀을 이리저리 바꾸어서는 답이 되지 않는다. 2008학년도 입시가 단적인 예 아닌가?

2008학년도에 적용된 교육개혁의 안은 내신, 수능 9등급제 도입이었다. 내신 9등급제를 도입함으로 말미암아 학교교육은 인성교육에서 더 멀어진 채 치열한 등수따기 교육으로 전락했고, 그나마 그 내신 성적은 공정성 시비에 휘말려 대학 당국에 의해 외면당했다.

수능 9등급제는 로또식 입시를 불러와 오히려 재수생만 양산한 꼴이 되지 않았는가? 대학은 내신과 수능에 변별력이 없으니 그 해답을 논술에서 찾고자 하고, 그러니 아이들은 트라이앵글식 입시에 치여 죽을 맛이 되는 것이다.

오죽하면 ‘1989년생의 저주, 1989년생의 재앙’이란 말이 나왔겠는가? 1년을 다 못하여 또 바뀌게 되었으니 우리 아이들에게 우리 모두가 죄인이 된 꼴이다.

사교육비는 반드시 잡아야 한다.

그러하려면 첫째, 사교육 시장을 정비해야 한다. 요즘은 학원마다 광고를 할 때 수강료를 명시하게 되어 있다. 그러나 그것이 형식치레가 되어서는 안 된다. 각 지역에 알맞은 수강료를 적정하게 책정하되(관, 민이 함께 참여한 위원회에서 정해야 제대로 지켜진다) 책정된 수강료를 지켜 나가도록 선도해야 한다.

사실, 사교육비의 주범은 제도권 아래에서 경영되는 학원이 아니다. 오히려 음성적으로, 독버섯처럼 번지고 있는 고액 과외방이다. 강남 대치동이 사교육비의 1번지라고 일컬어진다. 강남 대치동 때문에 사교육비가 치솟는다고 야단이다. 그런데 조사해 보면, 강남 대치동에 대형 학원이 몰려 있는 것이 아니다. 간판을 달고 있는 학원들 중에는 운영이 어렵다고 호소하는 곳도 꽤 많다.

무엇이 문제인가? 간판을 단 학원 뒤, 아파트 단지 안에서 은밀히 이루어지는 고액과외가 문제다. 행정력이, 독버섯처럼 번지는 과외방 문제를 해결하지 못하면 사교육비는 해결되지 않는다.

그러나, 사교육비를 잡는 가장 확실한 방법은 공교육의 확립이다. 그리하려면 학교의 시설이 선진화되어야 한다. 재정이 문제인가? 평준화 정책 때문에 사립학교에 들어가는 재정을 공립학교로 집중해서 투자하면 된다. 사립학교는 이명

박 대통령이 말씀하시는 자율형 학교로 개방하면 된다. 그렇게 되면 사립학교는 자신의 특성을 살리기 위해, 또 살아남기 위해 치열하게 교육에 매진할 것이다. 그리고 일류가 될 것이다.

재정적으로 선진화되는 공립학교도 일류 교육을 실시해 나갈 수 있다. 그러기 위해 교사들이 일류가 되어야 한다. 시설 좋고 커리큘럼 좋고 교사가 좋은데 학생들이 튼튼한 공교육을 외면하고 교육비 많이 들어가는 사교육에 의존하려고 들까?

물론 성적이 처지는 아이들, 특수한 것을 배우고자 하는 아이들은 학원에 나올 것이다. 그것이 학원의 기능이다.

그러므로 자율형 사립고의 육성, 특성화 고등학교의 육성, 영어교육의 강화 등은 그것이 바로 사교육비를 줄이는 가장 확실하고 강한 방법이라고 나는 확신한다. 다만, 공교육의 재정을 어떻게 확충하여 어떻게 실천해 나가느냐가 중요한 문제로 남는다.

08 | 줄탁동시(啐啄同時)

내가 좌우명으로 여기는 말에 '줄탁동시(啐啄同時)'라는 말이 있다.

병아리가 알에서 깨어날 때, 병아리가 안에서 껍질을 쪼면(啐 쫄 줄), 어미닭이 밖에서 동시에 껍질을 쪼아(啄 쫄 탁) 병아리가 태어난다는 말이다.

교육이 무엇인가? 선생님이 학생을 가르치는 일이다. 그러므로 교육은 살아있는 생물체와 같다. 교육에서 가장 중요한 것은 무엇인가? 선생님이 일방적으로 모이를 물어 학생들 입에 넣어 주는 것이 아니라, 학생 스스로 흥미를 느껴 배움의 자세를 갖도록 도와주는 일이다.

호기심 많은 아이들은 배움의 껍질을 깨기 위해 입질을

한다. 그것을 돕기 위해 선생님이 밖에서 톡톡 껍질에 금이 가게 하면 아이들은 안에서 자신의 힘으로 훌륭하게 배움의 문을 열어 마음껏 자양분을 흡수할 것이다.

줄탁동시(啐啄同時)

교사와 학생 간의 지혜 전승의 상호작용도 이러하지만 세상사 인간관계도 그러한 것 아닐까?

나 혼자 힘으로 해 나가는 독불장군이 몇이나 될까? 내가 어려울 때 그 어려움의 껍질을 톡톡 쪼아줄 수 있는 이웃이 있다면 얼마나 삶이 용기 있고 긍정적이 될까? 상대방이 힘들어 고민할 때 내가 그의 잔등을 툭툭 두드리며 따뜻하게 위로할 때 그는 얼마나 큰 힘을 받을 것인가?

태안 앞바다를 원유가 덮쳤을 때, 그 끔찍한 재앙으로 온 국민이 가슴을 떨었다. 당사자인 태안 앞바다 주민들은 절망 그 자체였을 것이다. 그러나 주민들은 눈물을 씻으며 시커먼 바다로 뛰쳐 나갔다. 엿기름 같은 원유를 손으로 긁어 양동이에 담았다. 그것을 본 온 국민이 가만 있지 않았다. 매일 같이 수만 명이 추운 바닷가에 쭈그리고 앉아 바위를 닦고 모래를 닦았다.

안팎이 동시에 쏟는 재건의 몸부림. 놀랍게도 태안 앞바다는 푸르름을 되찾기 시작했다. 전 세계가 한국인의 단합에 박수를 보내고 있다. 월드컵 때 보여주었던 붉은 악마의 신화가 다시 한 번 되살아난 것이다.

줄탁동시(啐啄同時)

이것이 한국인의 저력이요 한국 발전의 원동력이다. 그래서 태안 앞바다 그 봉사의 물결은 노벨 평화상 감이 되는 것이다.

예전엔 "우~은광" 지금은 "와! 은광"

서울대 13명 합격 – 전국 여고 중 공동1위

입학 기피했던 강남 은광여고, 名門 떠오른 비결

서울 강남구 도곡동에 위치한 은광여고(교장 김정열)는 몇 년 전만 해도 일대 학부모와 학생들로부터 외면당하는 '기피학교'였다. 학교 스스로도 "우리 학교에 배정되면 모두가 울상이었다"고 인정한다. 이런 은광여고가 올해 입시에서 '일'을 냈다.

여대생으로서 가기 쉽지 않은 법대 2명을 포함해 서울대 합격자가 13명으로, 전국 여자고교 중 대구 경일여고와 함께

최고의 성적을 낸 것이다. 이 사실이 학부모들 사이에 알려
지면서 은광여고는 이제 가고 싶은 '명문학교'로 떠올랐다.

은광여고는 재단의 부도로 1987년부터 16년간 관선이사
체제로 유지돼 오면서 교사, 학부모, 학생 모두 자포자기 상
태나 다름 없었다. 이런 상태에서 2002년 새 재단(김승제 이
사장)이 들어섰다.

김 이사장은 우선 학교 분위기를 바꿔 원점에서 새 출발
해야 한다고 생각하고 이를 실천에 옮기기 시작했다.

학교는 곧바로 대대적인 리모델링에 들어갔다. 우선 학생
들이 쓰는 책·걸상을 모두 바꿨다. 화장실도 호텔식으로 새
로 단장했다. 학생들이 화장실에서 얘기꽃을 피울 정도다.
학교 정문 주위의 언덕길은 공원처럼 꾸몄다. 냉난방 설비도
완비했다.

교사들도 넓은 세상을 보게 했다. 2004년엔 교사 전원(150
명, 중학교 포함)이 중국 연수를 다녀왔다. 작년엔 뉴질랜드
와 호주를 견학했다. 김 이사장은 "잘 가르치고, 잘 배울 수
있는 분위기를 만들어줬을 뿐"이라고 말했다.

여기에 그치지 않았다. 매년 전체 교사들의 추천과 투표로
'최고 교사(Best Teacher)' 4명을 뽑고, 상금과 함께 인사 우

대 제도를 시행했다.

　김정열 교장은 "새로운 마음으로 접근하다 보니 어느 순간, 교사와 학생 모두 학교에 대한 자부심과 애교심이 생기면서 자연스럽게 열심히 하려는 분위기가 생기더라."고 했다.

　교육 내용도 확 달라졌다. 전 과목에 걸쳐 파워포인트를 이용한 ICT(Internet Computer Technology) 활용 수업을 도입, 학생들이 재미있게 공부하도록 했다.

　또 독서교육을 집중적으로 시키기 시작했다. 각 교과목의 교사들은 교육부에서 지정한 도서 중 수행평가에 10%를 반영토록 하고, 이 내용을 시험문제로 출제했다. 다독(多讀)을 통해 대입 논술과 심층면접에 도움을 주려는 시도였다.

　한 명이던 원어민 강사도 올해부터 3명으로 늘렸다.

　3일 오후 2학년 14반. 영국인 토비 힌튼(33) 교사의 지도로 학생들은 5~6명씩 조를 짜 주제에 맞는 단어를 찾아내는 게임이 한창이었다. 수업 도중 윤사라(18) 양이 "야, 재밌다. 왜 이렇게 시간이 빨리 가"라고 하자, 한바탕 웃음이 터졌다. 힌튼 교사는 "학생들의 수업 이해가 빠르고 적극적"이라고 했다.

방과 후 학교에 남아서 공부하는 야간자율학습은 말 그대로 선택이다. 김현우 교무부장은 "남아서 공부하는 학생들에게 더 많은 혜택을 주고자 매일 각 교과목별 자율학습 순찰 선생님들이 자신만의 학습노하우나 중요한 교과 내용을 정리해 프린트물을 나눠 준다."고 귀뜸했다.

학교측은 교문에 들어서는 순간부터 학생들의 휴대전화 사용을 금지시켰다. 면학분위기에 도움이 안 된다는 판단에서다. 교내에서 폭언이나 체벌도 없다. 폭언 등으로 몇 차례 지적되면 토요일 교사와 함께 청계산에 오르는 벌칙(?)을 받아야 한다.

김 교장의 방에는 전교생 개개인의 사진 일람표가 붙어 있다. 그 밑에는 학생들의 세세한 사항들이 적혀 있다. 가정폭력으로 어려움을 겪는 ○○○, 가수를 꿈꾸는 ○○○란 식이다. 모의고사를 본 후 성적이 오른 학생에겐 아낌없는 칭찬을, 떨어지면 격려를 해 준다.

올해 대학입시에서 우뚝 선 은광여고의 위상은 서울 8학군 '강남학교'라서 거저 얻은 게 아님이 분명해 보였다.

조선일보 사회 A9면 (2006.03.08)

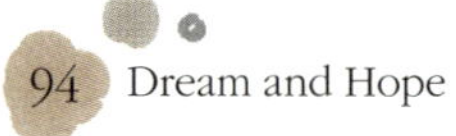

10 〈언론 보도 자료〉
30년 만에 실천한 제자의 보은

부모를 여읜 소년은 가까스로 초등학교를 마쳤으나 진학할 형편이 못 됐다. 고향을 떠난 소년은 고철 등을 모아 초등학교 졸업 3년 만에 중학교에 입학했다.

소년은 그곳에서 자신의 인생을 바꿔줄 선생님 한 분을 만났다. 막 교단에 선 여자 담임선생님이었다. 선생님은 동급생들보다 세 살이나 많은 소년에게 눈이 머물렀다. 유복한 학생도 비뚤어지기 쉬운 사춘기에 부모마저 안 계시고 고철 등을 모아 학비를 마련해야 할 처지의 소년이 잘못된 길로 들어설까 마음이 쓰였다.

선생님은 소년이 흔들리는 모습을 보일 때마다 오늘 겪고 있는 짧은 역경이 앞으로 긴 인생을 살아가는 데 오히려 큰 자산이 된 것임을 일깨워 용기를 잃지 않도록 격려했다. 모든 일을 긍정적으로 생각하고 노력과 성실로 임하면서 봉사하는 정신을 키우면 반드시 성공한 인생이 될 것이라고 가르쳤다.

선생님은 소년이 파주에서 서울까지 기차 통학을 하는 것이 안타까워 여유가 있는 학생의 집에 기거하면서 공부를 돕도록 알선해 줬다. 또 소년이 3학년이 돼 담임을 그만둔 뒤에도 자신감과 리더십을 키우라며 학생회장이 되도록 격려했다. 소년에겐 선생님이 누님이고 어머니였다. 자신도 크면 선생님 같은 선생님이 되고 싶었다.

어느 날 소년은 보고 싶지 않은 장면을 보고 말았다. 간부 선생님의 질책을 받고 눈물을 훔치는 선생님을 본 것이다. 사연인즉 물건을 팔러온 사람의 사정이 딱해 물건을 사 줬다가 지시를 어기고 잡상인을 상대했다는 이유로 질책을 받은 것이었다. 소년은 마음속으로 함께 눈물을 훔치며 내가 커서 돈을 많이 벌었으면 좋겠다고 생각했다. 그래서 학교를 세워 선생님을 교장 선생님으로 모시고 싶었다.

어른이 된 소년은 선생님의 가르침대로 어렸을 적 역경과 긍정적 사고, 그리고 성실성 등이 자산이 됐던지 사업에 성공하여 꽤 큰 돈을 모았다. 그는 이제 번 돈을 보람 있는 일에 쓰고 싶었다. 자연스레 중학생 시절의 꿈을 떠올리게 됐다. 때마침 재단의 부도로 장기간 '버려진' 여고가 있는데 재건해 보라는 권유를 받았다. 분규 많은 재단을 인수할 때 따를 말썽, '버려진' 학교를 재건하는 데 쏟아야 할 돈과 노력 등을 생각하니 망설여졌다.

그러나 그는 자신이 고향을 떠나올 때 지녔던 전 재산이 100원짜리 동전 두 닢이었음을 상기했다. 뜻했던 육영사업을 하다 설령 전 재산을 날린다 해도 200원 까먹는 셈이라는 생각을 하게 된 것이다. 무엇보다도 중학교 때의 그 선생님을 교장 선생님으로 모시고 싶었던 기억이 떠오르고, 자신이 재정적으로 뒷받침하고 그 선생님이 교육을 맡으면 반드시 성공할 것이라는 자신감도 생겼다. 서울 강남에 있는 은광여고 김정열 교장 선생님과 김승제 재단이사장의 30여 년에 관한 얘기다.

사실 기자가 우연한 기회에 친구의 소개로 김 이사장을 알게 된 건 몇 해 전이다. 몇 차례 격의 없이 어울리면서도 사업에 성공하여 학교를 운영하는, 그냥 괜찮은 사람 정도로 알고 지냈다. 그러다가 두어 달 전 조선일보에서 모두가 입학을 기피했던 은광여고가 3년 전 새 재단이 들어선 뒤 이제는 모두가 가고 싶어 하는 최고의 명문으로 떠올랐다고 대

서특필된 기사를 보게 됐다. 김 이사장에게 육영사업을 하게 된 연유를 물었고 자랑 같아 말하기 쑥스럽다는 그를 꼬드겨 위의 사연을 얻어듣게 됐다.

버려졌던 은광여고가 명문으로 바뀐 비결이나 학교 운영 등은 여기서 기자의 관심사가 아니다. 중학생이 선생님을 패는 패륜과, 학부모가 선생님을 무릎 꿇리는 사건들이 잇달아 벌어지고, 촌지 시비가 두려워 스승의 날 선생님과 학생이 만나지 말자는 세태다. 그렇게 막가는 세상에도 아직까지 이런 동화처럼 가슴 따뜻하게 해주는 사랑과 감사의 사제지간이 있다는 사실에 독자들과 함께 위로받고 싶어 김 이사장의 만류를 뿌리치고 사연을 옮겨본 것이다.

국민일보 (2006/05/29 백화종 칼럼)

03

역경을 딛고 희망으로

01 | 내 고향 서천(舒川)

고향은 그리움이다. 고향은 기쁨이기도 하고 슬픔이기도 하다. 고향은, 어떤 사람에게는 회한(悔恨)이 될 수도 있다. 나에게 고향은 무엇일까?

나는 13살에 고향을 떠났다. 그러나, 세월이 많이 흘렀어도 고향 산천이 눈에 선하다. 그리고 고향을 떠 올릴 때마다 어린 나를 남겨 놓고 저 하늘로 먼저 가신 어머님 모습이 너무도 뚜렷하여 가슴이 막혀 오고는 한다.

나는 충청남도 서천군 서천읍 구암리에서 태어났다. 아버님은 김(金) '상(相)'자 '태(泰)'자를 쓰시는 분이신데 본관은 경주 김씨이다. 증조부께서는 한성 판윤(지금의 서울특별시장) 벼슬을 지내셨다고 한다.

어머니의 성함은 허 '윤'자 '점'자이신데 내가 지금 살고 있는 양천구인 양천(陽川) 허(許)씨 가문의 규수이셨다. 열 일곱에 아버님께 시집 오셔서 아들 4형제를 길러내셨다. 5년 터울로 출생한 신제(信濟), 억제(億濟), 병제(秉濟), 승제(勝濟) 이렇게 넷이다.

그러니 막내로 태어난 나에게는 큰 형님이 열다섯 살 차이가 나는지라, 성장하면서 형이라기보다는 마치 아버지같이 대하기가 어려웠다.

충남 서천은 펼 서(舒) 내 천(川) 글자 그대로 금강을 사이에 두고 작은 냇물이 펼쳐져서 수려한 경관을 이룬 곳이다. 동쪽은 부여군, 서쪽은 황해 바다, 북쪽은 보령시, 남쪽은 전북 군산에 둘러싸인 전형적인 농어촌 지대이다.

서천은 특히 '세모시 옥색치마~' 하면 떠오르는 한산 세모시로 유명한 곳이다. 금강 하구의 갈대밭이 아름답고, 서해 바다의 풍광은 전국적인 관광지가 되어 있다.

서천군민의 노래는 이렇게 되어 있다.

산천도 아름답다 인심도 좋아
백제 옛 서림의 땅 내 고장 서천

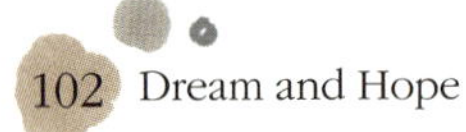

맑은 호수는 넘치고 옥야 넓은 뜰 풍년가 높네

새 나라 아침 햇빛 찬란한 고을

에헤야 데헤야 서천 에헤야 데헤야 서천

십오만 우리 군민 복지가 여기라

서천은 충절의 도시로도 널리 알려져 있다. 고려 말 삼은(三隱) 중의 한 분인 대성리학자 목은 이색(牧隱 李穡), 조선 단종 때 사육신의 한 분으로서 충절을 지키신 이 개(李 塏), 또 일제강점기 때 민족교육운동으로 청년을 이끄셨던 월남 이상재(月南 李商在) 선생님이 서천 분이시며 한산 이씨 분들이다.

우리 동네 이름은 거북바위가 있다 해서 구암(龜岩)이라고 불렀다. 내가 은광여고를 인수하고 학교 법인명을 '국암(國岩)'이라고 한 것도 우리 동네 지명과 무관하지는 않다.

나는 1952년생이다.

1950년 6·25가 터지고 전쟁이 한창 진행되던 시기였다. 그러니 그때가 얼마나 힘든 때였을까는 짐작 가고도 남음이 있을 것이다.

그런 속에서도 우리 집은 유독 어려웠다. 중농(重農)의 유복한 생활을 해오던 집안은 전쟁통에 한꺼번에 무너졌다. 아버지는 덜컥 병석에 몸져 누워 버리고 끝내 일어나시지 못했다. 집안 건사는 연약한 어머니 혼자 몫이었으니 그 고생이 얼마나 심하셨을까? 서천에는 양천 허씨 집안이 번성했는데, 워낙 깔끔하시고 남에게 신세지는 것을 싫어하셨던 어머니는 친척의 도움 없이 우리 4형제를 먹여 살리기 위해 삯바느질에서 행상까지 안 해 보신 것이 없었다고 한다.

초근목피(草根木皮)란 말이 있다. 먹을 것이 없으니 풀 뿌리, 나무껍질을 삶아 먹는다는 말이다. 허기를 채우기야 하겠지만 풀독이 올라 얼굴이 퉁퉁 붓고는 했다. 더구나 변비로 고생하니 그 곳이 째져서 피가 나곤 한단다. 그래서 '째지게 가난하다'는 말이 생겼다고 한다.

우리의 생활 모습이 그랬던 것 같다. 그래도 나는 막내인지라 호박풀데기, 꽁보리밥이라도 끼니를 거른 것 같지는 않다. 당신은 숟가락을 들지 않으시고 우리들에게만 "어서 먹어라. 어서 먹어." 하시던 어머니 모습이 눈에 선하다.

고향 사람들은 나 보고 내 눈이 어머니 눈을 닮았다고 한다. 나는 지금도 물끄러미 거울을 바라볼 때가 있다. 내 눈은 좀 큰 듯하다. 어머니 눈이 나 같을까?

막내인 나는 어머니 사랑을 끔찍이도 받았다. 읍내에 나가신 어머니가 돌아올 때까지 마을 어구에서 하염없이 기다리던 어린 시절 생각이 난다.

그럴 때면 어머니는 나를 당신의 하얀 치마폭에 싸 안으시며 말씀하시곤 했다.

"그래, 우리 막내 착하지? 어서 가서 밥 먹자. 밥 먹고 공부해야지. 공부해서 이 다음에 큰사람 되어야지."

큰사람이 된다는 것이 무슨 뜻일까? 나는 지금도 어머니 말씀의 뜻을 곰곰이 새겨본다.

02 | 어머니, 나의 어머니

나는 서천국민학교를 다녔다.(우리 때는 초등학교를 국민학교라고 했다.) 어려서부터 몸은 튼튼했던 것 같다. 학교를 다니면서도 아이들과 어울릴 때 대장 노릇을 했던 기억이 난다.

큰형님 신제(信濟)는 군대를 가고 우리들은 어머니의 연약한 어깨에 의지하며 입에 풀칠을 하고 있었다.

내 기억으로는, 어머니는 눈부시게 하얀 치마저고리를 입고 계셨다. 항상 단정하신 모습에 말씀이 없으셨다. 웃으실 때마다 슬픔이 배어나오던 것처럼 느꼈던 것은 지금의 내 선입관 때문인지도 모른다. 나는 어머니가 너무 좋아서 '막내야 막내야.' 하시는 어머니를 졸졸 따라다니곤 했다.

내가 4학년 때, 겨울방학 이틀 전이었으니까 1962년 12월 22일이었다.

왜 그러셨는지 어머니께서는 오랜만에 친정집을 다녀오시고 숙부네, 고모네도 모두 다녀오셨다고 한다. 그리고 그대로 몸져 누우셔서 보름을 앓으셨다. 어린 나야 어머니가 아프신가 보다 하였지 달리 해 드릴 일은 없었다. 그런데 보름을 앓으시고 어머니는 12월 22일 갑자기 돌아가셨다.

믿기지 않았다. 학교에서 돌아오다가 우리 집안에서 들려오는 통곡 소리를 듣고 허겁지겁 방안으로 달려 들어갔다. 어머니는 그냥 잠들어 계신 것 같은데, 셋째 형 병제가 엄마 엄마를 부르며 마구 울고 있었다.

어머니는 그렇게 허무하게 가셨다. 내 나이 10살 때였다. 눈 덮인 야산에 어머니를 파 묻고 우리 형제들은 하얀 눈밭에 앉아 엄마를 찾으며 울고 또 울었다. 그 겨울 내내 하루도 빠지지 않고 병제 형과 나는 어머니 산소를 찾았다. 그 해 겨울엔 참 눈이 많이 왔다. 우리는 눈길에 푹푹 다리를 빠져가며 어머니 산소를 찾았고, 산소 위의 눈을 정성스레 쓸었다. 산소 앞에 누우면 하늘이 파랗게 시렸다.

이듬해 2월에 둘째 억제 형도 군대를 갔다. 이제 남은 것은 셋째 형과 나밖에 없었다. 병제 형이 일을 다니면서부터 나 혼자 어머니 산소를 매일같이 찾았다. 어머니 산소에 가지 않으면 하루 일과를 보낼 수 없을 것 같았다.

학교는 거의 1년 동안 다니다 말다 했다. 어머니 무덤 앞에 누워 새파란 하늘을 보면 바람소리에 묻어 뻐꾸기 울음소리가 들려오곤 했다. 뻐꾸기 울음소리가 내 가슴으로 점점 들어와 나중엔 나와 함께 운다는 것을 알았다.

어머니 무덤을 찾을 때면, 나는 어머니에게 속상했던 일, 화나는 일, 참을 수 없는 일들을 투정부리듯 털어 놓았다. 어머니는 대체로 이렇게 답변하셨다.

"그래, 우리 막내 얼마나 속상하니? 참아야 한단다. 그리고 정직해야 한단다. 남을 속이지 마라. 그리고 울지도 마라. 공부 열심히 해서 큰사람이 되어야 한다."

그렇게 어머니 목소리를 듣는 것이 내게는 큰 위안이었다.

작은아버지 댁에 계시던 할머니가 우리와 함께 살게 된 것은 그나마 다행이었다. 학교를 다녀야 한다고 해서 다니긴 했지만 기성회비다, 뭐다 하는 비용을 댈 수가 없으니 겉돌기만 했다. 그래도 지기는 싫어서 공부는 곧잘 했던 것으로 기억이 난다.

초등학교 6학년 때 김재수 선생님께서 돌보아 주셔서 겨우 졸업을 했다. 중학교 시험을 본다고 해서 나도 보았다. 서천중학교에 합격을 했다. 서천중학교에 함께 합격한 노명구의 어머니께서 '네 도움 때문에 우리 아들이 합격했다.'며 친구들 몇을 불러 잔치를 해 주셨지만, 등록금이 없으니 합격증은 휴지조각에 불과했다.

희망이 없는 시간이 흐르고 있었다. 아니 당장 먹고 사는 것이 문제였다. 결국 병제 형은 큰형님이 있는 파주로 가고, 나는 할머니를 따라 고모네 집으로 들어갔다. 엄마 생각이 참 많이 나던 시절이었다. 안 되겠다 싶었던지 큰 형님한테서 연락이 왔다. 먹든지 굶든지 내가 책임질 테니 파주로 오라는 전갈이었다.

초등학교를 졸업한 그 해 여름, 나는 드디어 고향을 떠났다. 손에는 200원이 들려 있었다. 그것도 큰 형님이 보내준 차비와 내가 푼푼이 모은 돈을 합친 것이었다. 200원. 그것이 고향을 떠나며 내가 지녔던 전 재산이었다.

나는 어머니 무덤을 찾아가 한참을 울었다. 이대로 떠나면 영영 돌아오지 못할 것 같은 설움에 가슴이 메어졌다. 그리고 언젠가 어머니 앞에 당당하게 서 볼 날을 그리며 고향을 떠났다.

03 │ 파주에서의 추억

물어물어 찾아간 파주는 멀게 느껴지는 곳이었다. 내가 찾아간 곳은 경기도 파주군 월롱면 영태리, 이곳에서 나는 청소년기를 보냈다.

큰형님은 나하고는 15살이나 차이가 났다. 고향의 가난을 탈출하여 육군 하사관으로 자원하시더니 직업군인이 되어 있었다. 영외 생활을 하셨는데 결혼을 하셔서 내 조카인 주일이, 주식이 어린 형제를 두고 계셨다. 군인 정신이 철저하신 분인데다 나이 차이도 많이 나서 형님이라는 말이 쉽게 나오질 않았다. 큰형님은 내게 아버지 역할을 해 주셨고 형수님도 어머니처럼 나를 잘 돌봐주셨다. 집은 방이 2개였는

데 안방은 형님네 네 식구가 쓰셨고 건넌방은 병제 형과 내가 사용했다.

　파주는 이제 통일시대를 예비하는 준비된 도시로 비약적인 발전을 했다. 군(郡)에서 시(市)로 바뀐 파주는 아파트 단지가 곳곳에 들어서서 신도시를 이루고 있고 출판단지, 유통단지 등이 들어서서 하루가 다르게 변화하고 있다. 부동산 바람도 매우 센 곳이 되었다.

　그러나 1960년대만 해도 파주는 한국군과 미군이 여기저기 주둔하고 있는 전형적인 군사 주둔지였다. 금촌 읍내는 삭막했으며 매일 눈에 띄는 것이 군대 막사와 군인들과 트럭과 탱크였고 사격장 총소리가 익숙하게 들리는 곳이었다.
　어린 우리들의 놀이터는 못쓰게 되어 버려진 녹슨 탱크나 사격 훈련장이었고 자연스레 탄피나 고철을 주워 파는 것이 일과처럼 되었다.
　나는 파주의 환경에 쉽게 적응해 갔다. 학교를 졸업한 나는 제법 어른티가 나기 시작했고 어머님이 물려주신 체력 하나는 남보다 실했다.

　나는 황종복이란 성함을 가진 아저씨와 짝을 이루어 본격적인 직업전선으로 뛰어들었다. 그것은 내가 경험한 최초의 동업이었고 우리의 직업은 고철 캐기였다. 다시 말하면 고철 넝마주이였다.

황 아저씨가 리어커에 금속탐지기, 곡괭이, 삽 등을 싣고 우리 집에 와서 승제야 하고 부르면 쫓아나가 리어커 뒤를 밀었다. 우리는 미군들이 버렸음 직한 고철이나 쓰레기가 파묻힌 곳을 찾아 헤맸다. 황 아저씨가 금속탐지기로 여기저기 다니다가 여기다 하고 지적을 해 주면 그 다음부터는 내 차례였다. 나는 그 자리를 곡괭이로 팠다. 겨울에는 언 땅이라 곡괭이가 텅텅 튀기도 했다. 곡괭이와 삽으로 약 1～2m 파 들어 가면 고철이 나오기 시작했다.

탱크에서 연습용으로 쏘는 탄피를 비롯해서 탄약통, 굴렁쇠, 말굽쇠, 놋쇠탄피, 통조림 깡통 뚜껑, 철조망 등이 쏟아져 나왔다. 가끔 불발탄이 나와 섬칫하기도 했지만 고철 캐기의 수입은 꽤 좋은 편이었다. 나와 황 아저씨는 고철 묻힌 곳을 찾아 한탄말, 쉰웃물, 두문골, 함영골, 밭두문리, 앞골 등 파주 곳곳을 찾아다녀 보지 않은 곳이 없다.

고철 값은 생철 종류는 1관에 8원, 굴렁쇠, 말굽쇠 종류는 1관에 12원, 놋쇠탄피 같은 것은 1관에 200원 정도 했던 것으로 기억된다. 그때 학교 1기분 등록금이 1,650원하던 시절이었는데, 지금으로 치면 160만 원 정도되는 금액일 것 같다.

곡괭이, 삽질은 막노동일이었다. 손바닥에 물집이 잡히다 못해 까지고 여기저기 상채기가 많이 생겼다. 그래도 돈 버는 재미가 쏠쏠했다.

우리는 하루 일을 마치면 단골 고물상에 가서 값을 쳐 받았는데 그 금액에서 황 아저씨가 얼마간 내 몫을 떼어주고는 했다.

나는 이 고철캐기 동업을 1년 이상을 했다. 황종복 아저씨와의 인연은 나중에도 이어져서 그분 아들이 내가 운영하는 대학학원에서 과장을 하기도 했다.

지금도 내 눈에는 그때 누볐던 파주의 풍경들이 아련히 떠오르곤 한다.

04 | 꿈에 그리던 중학교 입학

그 당시 월남에 파병되어 돈 벌러간 둘째 형 억제에게서
편지가 왔다.

승제 막내야 얼마나 고생을 하니? 이제 이 형이
돈을 부치니 열심히 공부해서 학교에 꼭 가거라.

억제 형 편지를 받고 많이 울었다. 어려운 생활에 밀리고
밀려 다시는 학교로 돌아갈 수 없는 줄 알았다. 교복을 입고
학생 모자를 쓴 애들을 볼 때마다 뒷골목으로 숨던 나였다.
그런데 맹호부대 1진으로 목숨걸고 싸우는 형이 미화 43달
러를 찾을 수 있는 전신환을 보내온 것이었다. 얼마나 형이

고마웠던지. 형님 덕에 꺼져 가던 내 향학의 의지가 다시 불타올랐다.

그런데 당시에는 중학교에도 입시가 있었다. 까먹은 공부를 다시 해야 했다. 어떻게 할까 고민하다가 나는 금촌에 있는 금신초등학교를 찾아갔다. 머리가 허연 교장 선생님은 다짜고짜 찾아온 내 말씀을 들으시고 기특하다 싶었는지 아니면 파월 가족을 우대해 주셨는지 6학년 2반에 자리를 마련해 주셨다. 그래서 금신초등학교 6학년에 어렵게 청강생으로 들어가서 공부를 했다.

그리고 드디어 1967년 봄에 16살의 나이로 서울역 앞 동자동에 있는 수도중학교에 합격했다.

큰형님은 사내대장부가 서울에 가서 공부해야 된다며 나를 일부러 서울역 앞 동자동에 있는 수도중학교에 입학시켜 주셨다. 수도중학교는 파주에서 기차를 타고 서울역에 내리면 등교하기에 가장 가까운 학교였고, 한국전력이 운영하는 학교라 고등학교까지 졸업하고 나면 한전(韓電)에 취직할 수도 있고 해서 인기가 있었던 것 같다. 학교 규모도 매우 컸고 학급 수도 많았다.

중학생이 되었을 때의 내 기쁨이 얼마나 컸을까? 지금도 생각해 보면 절로 미소가 떠오른다.

나는 1학년 10반 학생이 되었다. 전체 70명 중 키 순서로 60번이었다. 담임 선생님은 대학을 막 졸업하고 선생님이 되신 지 이제 2년째 되시는 김정열 선생님이셨다. 김정열 선생님은 성함만으로는 남자 선생님 이름이었지만, 오늘의 내가 있도록 자상하게 때로는 정열적으로 나를 이끌어 주신 나의 영원한 선생님이시다.

삭막하고 외롭게 그리고 거칠게 살아왔던 나에게 김정열 선생님은 아름답고 눈부신 동화 속의 공주 같았고 마음속에 흠모하는 친누나 같았다. 아니 때로는 따뜻하게 나를 감싸주는 어머니 같았다.

선생님 영향으로 나는 모범생이 되어갔고 리더가 되어갔다. 나는 선생님에게 완벽한 학생으로 보이기를 원했다. 다행히 나는 아이들보다 두세 살이나 많아 아이들이 나를 어렵게 대하고 잘 따라주었다.

나는 공부도 열심히 했다. 특히 영어, 수학에 재미를 붙여서 아침 자습시간에 칠판에 나가 아이들에게 수학을 가르치기도 했다. 이렇게 공부에 취미를 붙이게 된 데는 파주에서 서울역까지의 경의선 통학이 한 몫을 했다.

나는 새벽 4시면 어김없이 눈을 떴다. 5시 기차를 타야 했고 통학은 보통 2시간 이상 걸렸는데 그 시간이 내게는 공부하는 시간이었다. 오고가고 하루 네 시간 이상의 통학 시간에 예습 복습을 다 마쳤다.

아마도 중학교 3년 동안 전교생 중 가장 먼저 등교한 학생이 나 아닐까? 아침 7시면 학교에 도착하곤 했으니까 ….

▲ 학교 농원에서 학생들과 모내기하는 즐거운 시간

05 | 김정열 선생님과의 만남

김정열 선생님은 내 사정을 다 아시고는 틈날 때마다 격려해 주시었다.

"승제야, 훌륭하게 된 사람들은 대부분 어렸을 때 많은 고생을 한 사람들이란다. 고생은 인생을 단련시켜 주는 풀무와도 같은 것이란다. 이겨내야 한다. 이겨내어 네 꿈을 활짝 펼쳐야 한다. 알았지?"

그 선생님을 못 만났다면 내 운명이 어떻게 바뀌었을까?

김정열 선생님은 나를 지도자로 키우셨다. 김정열 선생님은 우리 학교 청소년적십자단(Junior Red Cross 오늘날엔 RCY라고 한다)을 지도하고 계셨는데 나에게 1학년 대표를 시켜

주셨다. 2학년 때에도 2학년 전체 대
표로 세워 주셨다. 2학년 말에는 우
리 학교 JRC 단장 직책을 맡게 되었
고 서울시내 전 학교 JRC 협의회 회
장이 되는 영광도 누렸다. 서영훈 적
십자사 총재님이 청소년 과장을 하실
때의 일이었다.

　나는 앙리 뒤낭의 적십자 사상에서 사랑과 봉사의 정신을
몸으로 익혔다. 불우 이웃을 돕기 위한 쌀 한 줌 모으기 운
동, 길거리 모금 운동, 학교 화장실 청소, 길거리 청소 등 기
쁜 마음으로 봉사 활동에 앞장섰다.

　그러한 활동의 연장선상에서 나는 수도중학교 총학생회장
으로 당선되었다. 김 선생님은 나에게 출마를 권했고 망설이
는 나에게 연설문을 써 주시고 연습까지 시켜 주셨다.

　그 당시 수도중학교는 48학급 3천여 명의 학생들이 있었
는데 그들이 직선제 투표를 해서 학생회장을 뽑았었다. 그
선거에 5명이 출마했는데 나는 1천 7백여 표를 받아서 압도
적인 표차로 당선되었다. 부모 없는 내가 서울에서 학생 수
가 가장 많았던 중학교에서 학생회장이 된 것이었다.

　나이배기 김승제, 촌뜨기 김승제, 고철주이 김승제가 전교

생의 대표가 되어 활동한 것이었다.

　그러나 등록금을 낼 때가 되면 참으로 괴로웠다. 그 당시는 등록금을 내지 못하면 집으로 쫓겨나곤 했던 시절이었다. 군인인 큰형님이 학교 서무실에 와서 언제까지 등록금을 내겠다고 각서를 쓰고 간 적도 있었다.

　그때 나에게 입주 과외를 소개시켜 준 분도 김정열 선생님이었다. 선생님은 중1 때 담임 선생님이셨지만, 중2 때에도, 중3 때에도 담임이 아닌 나를 담임보다 더 챙기셨다. 중3인 나, 학생회장이던 나는 중1 학생의 집에 입주하며 숙식과 학비를 해결하게 되었다.
　그 때 내가 가르쳤던 학생은, 조선 개국 시조 태조 이성계와 이름이 같은 청파동에 사는 이성계라는 학생이었는데 아버님은 파월 기술자이셨고 어머님이 매우 활달하고 상냥한 분이셨다.

　내가 오늘날 학원을 경영하게 되고 학교 재단을 인수하게 되고 하는 인연이 모두 김정열 선생님으로부터 비롯된 것이라고 나는 믿는다.

06 | 자립의 기틀을 마련하고

큰형님의 보살핌으로, 둘째 형의 장학금으로 그리고 김정열 선생님을 만난 덕분으로 나는 수도중학교에서 많은 가르침을 받고 21회 졸업생으로 영예의 졸업장을 받았다.

당연히 고등학교 진학을 했어야 했으나 내 생각은 좀 달랐다. 중학교 진학을 늦게 하는 바람에 졸업할 때 내 나이는 열아홉 살이 되어 있었고, 나와 동년배는 이미 고3이거나 대학생이 되어 있었다.

그리고 무엇보다도 경제적 여건이 어려웠다. 직업군인인 큰형님이 내 뒷바라지를 계속한다는 것도 염치 없는 일이었고, 같은 직업군인의 길을 걷고 있던 둘째 형님(김억제)이 승제 공부시켜야 한다고 월남 파병에 지원한 일도 나를 오히려 못 견디게 했다.

나는 스스로 내 진로를 수정했다.

고등학교 과정은 검정고시를 하자. 그리고 대학 등록금을 내 돈으로 마련하자. 한 2년 준비한 뒤에 대입검정고시에 합격해서 대학에 진학하자.

그것은 내 처지에 가장 합리적인 방법이라고 판단했다.

나는 학교생활을 하면서 매일 아침 우리 반 아이들에게 수학을 가르쳤다. 또 영어를 가르치셨던 김정열 선생님을 좋아해서 영어 과목도 자신이 있었다. 게다가 입주 과외한 실력도 있지 않은가?

마침 입주과외를 했던 이성계 어머니께서 소개해 주셔서 초등학교 4, 5, 6학년 아이들을 가르치게 되었다.

유수옥, 정옥 자매를 가르치면서 나는 검정고시 준비를 했다. 안국동에 있는 한국학원을 다녔다. 그때 학원 원장이 나중에 한국일보 사장을 한 장강재 씨였다.

졸업하던 1970년 8월에 대입검정고시에 도전했다. 8과목 시험 중 5과목은 합격했고 3과목은 떨어졌다. 5개월 공부한 결과로는 나쁘지 않았다. 검정고시 공부를 계속하는 한편 과외 아르바이트가 점차 직업처럼 자리잡아 나갔다.

수옥이 어머니께서 내가 잘 가르친다고 이 학생 저 학생을 소개해 주셔서 나는 거처도 마련할 겸 청파동 수정탕 목욕탕 뒤 주택에 2층 다다미방을 사글세로 빌려서 드디어 본격적인 과외방을 차렸다. 그 때 나는 용산중학교를 다니던 이상인을 비롯한 8명 정도의 중학생들, 그리고 효창국민학교를 다니던 이경훈을 비롯한 4명 등 약 15명을 그룹으로 나누어 가르쳤던 기억이 난다.

무슨 일이든 하면 열심히 하는 것이 내 스타일이다. 나는 열심히 가르쳤다. 나중에는 조그마한 칠판을 마련해서 아이들이 학교시험을 잘 볼 수 있도록 학습의 맥을 잡아 가르쳤다.

그래서 그랬는지 청파동에서 열아홉 살 과외선생은 잘 가르치는 선생으로 뜨기 시작했다. 아이들이 늘어나기 시작했고 본격적인 과외그룹의 형태가 갖추어져 갔다.

그런 속에서도 나는 대학에 가겠다는 일념으로 열심히 공부했다. 혼자 밥을 해 먹고 혼자 빨래하고 오전에 학원 나가고 저녁에서 밤중까지 아이들을 가르치고….

왁자하던 아이들이 썰물처럼 빠지고 나면 텅 빈 다다미방에서 혼자 멍하니 밤하늘을 바라보곤 했다. 외로움이 와락

몰려오곤 했다. 그럴 때마다 떠오르는 어머니의 목소리, 그리고 선생님의 목소리 — 나는 머리를 흔들어 내 어깨에 백묵처럼 쌓인 외로움을 털어내곤 했다.

과외방이 번성하면서 대학진학의 꿈은 후순위로 밀려나기 시작했고 어느덧 군대에 가야 할 나이가 다가오고 있었다. 그리고 내게는 조금씩 자립의 기틀이 마련되어 가고 있었다.

나는 1972년 7월 20일 군에 입대했다. 내가 가르치는 학생은 약 100여 명으로 늘어나 있었다. 나는 청파동에 사는 서울대생을 내 파트너로 고용해서 월급을 주고 있었는데, 군대 나갈 때에 이 친구에게 내 과외방을 모두 인수인계시켰다.

정리를 하고 나니 약 100만 원이라는 거금이 생겼다. 나는 그 돈을 군부대 이동으로 원주에 가서 사시는 아버님 같은 큰형님에게 맡기고 군대를 갔다.

나는 학원을 경영하면서 나중에야 한국방송통신대학교 경영학과를 졸업했다. 학교 다니는 것이 무슨 운명이나 되는지 방통대 다닐 때에도 나이 많은 만학도(晩學徒) 대접을 톡톡히 받았다.

안 되겠다, 내친 김에 공부 한번 제대로 해 보자는 오기가 발동해서 나는 내 딸 은성이, 아들 동현이의 모교인 연세대학교 경영전문대학원 MBA석사과정에 어렵사리 입학했다. 입학은 했지만 MBA는 전문 과정이라 영어로 강의 듣고 원서로 공부하는 호된 과정을 거쳤다. 나이 어린 친구들과 함께 공부하는 것도 어려운데 공부 또한 힘들어서 포기하고 싶은 마음이 들기도 했다. 그러나 한번 시작한 대학원 과정을 중도에서 포기한다는 것은 내 사전에 없는 것이었다. 나는 오히려 만학의 즐거움과 보람을 느끼며 열심히 공부했다.

석사과정을 마치고 동료들과 함께 유럽으로 졸업여행을 다녀온 것도 오랜만에 맛보는 정신적 자양분이었다. 유럽에 가서는 이탈리아 밀라노의 보쾌대학에서 GET과정을 이수한 것도 뜻깊은 일이었다. 졸업식장에서 연세대학교의 내 선배(?)가 되는 아들·딸, 그리고 영원한 반려 홍순희 여사의 축하를 받으며 나는 감회가 깊었다. 험난한 세월을 살아오면서 우여곡절 끝에 경영학 석사학위를 취득했으니 얼마나 기쁜 일인가.

발동을 걸었으니 계속 하자는 기분으로 나는 연세대학교 경영대학원 박사과정에 입학하고야 말았다. 평생학습의 자세로 끝까지 공부해 나갈 것이다.

07 | 순희와의 만남

조치원의 예비사단 신병교육대에 입소하여 혹독한 훈련 과정을 마치고, 나는 의정부에 있는 2군수지원사령부(사령관 박찬긍 소장)에 배속되었다. 그리고 공교롭게도 제2의 고향인 파주 금촌에 있는 부대로 파견되었다. 그때 나는 의무행정 보급병으로서 기장계 보조를 보고 있었다. 내가 맡은 보직은 졸병들이 선망하는 자리였다. 나는 운 좋게도 비교적 편안한 군대 생활을 할 수 있었다. 그러나 그 보직 때문에 내 삶에 얼룩을 남기는 일이 벌어질 줄은 그 당시엔 몰랐다.

파주에 살던 큰형님네가 근무지 이동에 따라 원주로 이사 가서서 가끔 휴가를 나와도 딱히 찾아갈 만한 곳이 없었다.

휴가차 나왔던 어느 날, 금촌 사거리를 건너다가 나는 얼핏 스쳐가는 여성의 모습을 보는 순간 '순희구나'하는 직감이 앞섰다.

"잠깐만, 홍순희 아닌지…."

"아, 주일이 삼촌!"

동네에서는 나를 주일(큰형님 아들)이 삼촌이라고 불렀다. 반가운 수인사를 나눈 후 우리는 사거리에 있는 새마을다방으로 옮겨 커피를 앞에 했다.

"군인이 되셨네요. 보기 좋아요."

"응, 파주 부대에 근무하고 있어. 학교 졸업했지?"

"네, 조그만 회사에 나가고 있어요."

그녀의 수줍은 웃음, 조용조용한 목소리가 나를 오랜만에 푸근하게 했다.

홍순희-큰형님집 맞은편에 우물을 격하고 순희네 집이 있었다. 아버님(홍 '윤'자 '기'자)은 공무원 출신의 농부이셨는데 엄격하신 분으로 동네에서 존경을 받고 계셨다. 그 집은 파주에서 대대로 살고 계신 집으로 땅 부자로 소문이 나 있고 그 집 8남매는 유복한 가정에서 모두들 대학공부를 한, 남들이 부러워하는 집안이었다.

홍순희는 그 집 셋째 딸이었다. 여학교 다닐 때 순희는 수

줌음을 많이 탔고 눈빛이 초롱초롱하고 웃을 때 입모습이 예뻤다. 다방에서 만났을 때 그 웃는 모습이 우리 엄마 웃음 같다는 느낌이 나에게 강하게 왔다.

나는 앞에서 말한 것처럼, 어느 날 갑자기 서천에서 파주로 올라와 고철 캐기로 1년여를 보냈다. 따라서 동네 여자 아이들과는 특별히 사귈 만한 기회가 없었다.

그런데도 순희가 나에게 호감을 가졌던 것은 순희 아버님이 자녀를 훈계할 때마다 "주일이 삼촌 좀 봐라. 얼마나 열심히 사니?" 하고 말씀하셔서 그 말이 뇌리에 박혀 있다고 했다.

오랜만에 만났던 순희가 그 다음 주에 군부대로 면회를 왔다. 그것은 내게 사건이었다. 여지껏 살아오면서 여인이 나를 만나러 왔던 적은 없었다. 순희가 처음이었다. 그것은 마치 내게 운명처럼 받아들여졌다.

그때까지 살아오면서 나를 지배했던 여인은 두 분이었다. 서천 고향에 계시는 어머니와 내 담임 선생님 두 분이었다. 이제 나는 세 번째 여인을 만나는 것이다.

운명적인 만남의 인연이 있다면
버스 안에서도 만나게 되고

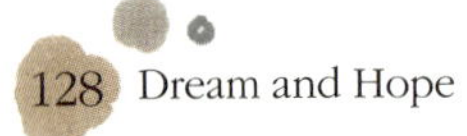

지하철에서도 만나게 된다.

더러 길을 가다가

옷깃을 스치며 지나가다가도 만나게 된다.

홍순희와의 만남, 그것은 내 삶에 새로운 의미를 부여하는 고마운 만남이었다.

▲ 결혼식 사진 속의 행복한 필자 부부

08 | 사랑 드디어 꽃 피다

내 삶은 삭막했다. 내 삶은 각박했다. 내 삶은 거친 사막 같은 흙먼지와 엉겅퀴의 삶이었다.

나는 내 삶을 적셔줄 한 줄기 맑은 샘물을 원하고 있었다. 내 가슴을 울려줄 청량한 새 소리를 원하고 있었다. 그리고 그것이 환한 달빛 아래 함께 포도를 따 먹을 순희라는 것을 나는 알았다.

나는 외출·외박을 나올 때마다 순희에게 연락을 했다. 순희는 반갑게 맞아 주었고 군인 아저씨에게 위문 편지 쓰듯 나를 위로해 주었다. 우리 둘의 사이는 급속히 가까워졌다.

나는 순희에게 편지를 썼다. 편지를 받아줄 사람이 있다는 것이 행복인 줄을 그 때 깨달았다.

굳이 말하지 않아도
서로 눈빛만 보아도
무엇을 원하는지
무슨 생각을 하는지 알 수 있는
이런 사랑이라면 좋겠습니다

믿음직한 소나무처럼
늘 그 자리에 서서
힘들고 지칠 때
결 고운 바람처럼 부드러운 손을 내밀며
등을 토닥여 주는
이런 사랑이라면 좋겠습니다

푸르름을 잃지 않는 산 그림자를
끌어 안고 잠이 드는 강물처럼
항상 따뜻한 가슴으로 포용해 주는
이런 사랑이라면 좋겠습니다

산과 강과 하늘이 어우러져
아름다운 풍경을 만들듯
그대와 나 각자 제 자리에서 빛을 내는
이런 사랑이라면 좋겠습니다

— 남낙현, '이런 사랑이라면 좋겠습니다' —

나는 어느덧 내 사랑 순희에게 깊게 빠져 있었다.

이제야 내게도 살아야 할 존재의 이유가 생긴 듯 여겨졌다. 그동안에는 앞뒷집에 살면서도 별 관심이 없었는데 이렇게 급속히 가까워진 것은 역시 뜨거운 청춘이었기 때문일까?

제대가 가까워지면서 나는 고민에 빠졌다. 나는 아무것도 갖추지 못한, 뭐 하나 내세울 것이 없는 별볼일 없는 존재다. 그런 내가 순희를 사랑해서 어쩌자는 것인가? 과연 결혼할 수 있는 것인가? 순희 부모님은 승낙해 주실까? 이쯤에서 내 사랑을 접어야 하는 것이 아닌가. 더 계속되면 순희에게 깊은 상처만 남기는 것 아닌가. 그런 생각이 나를 못 견디게 만들었다.

그러다가 나는 부끄러움에 몸을 흔들었다. 무슨 말인가. 나에겐 창창한 미래가 있다. 부딪쳐 보는거다. 내 사랑을 스스로 포기할 필요는 없다. 나는 큰 결심을 하고 순희 아버님을 뵈었다. 평소에도 어렵게 대해 오던 어르신이 경계의 눈초리로 나를 차갑게 맞아 주었다.

나는 용기를 내어 큰 절을 올리고 무릎을 꿇었다. 내가 나타나기 전에 아마도 부모님과 형제들 간에 논란이 있었던 듯 했다. 나중에 들으니 '부모 없는 사람', '고철 캐던 애'라고 반대가 분분했던 듯했다.

나는 용기를 내어 큰 절을 올리고 무릎을 꿇었다.

현재는 가진 것 없어도, 이 세상 누구보다 순희를 사랑합니다. 행복하게 해 줄 자신이 있습니다. 어디서 그런 용기가 났는지 나는 또박또박 말씀드렸다.

묵묵히 내 말씀을 듣고 계시던 아버님께서 내 말이 끝나자 돌아 앉으시며 한 말씀하셨다.

"나는 모르겠네."

내가 잘못 들은 것이 아니었다. 분명 안 되겠네가 아니라, 모르겠네 말씀하셨다. 그분의 표현은 지금도 쉬운 것 같지만 어렵고, 어려운 것 같지만 쉽게 진리를 가르쳐 주신다.

그러나 그 당시 승낙이 아닌 거절에 가까운 대답을 들었으니 얼마나 우울했던지…. 역시 나는 안 되는 놈이구나 하는 패배감이 엄습해왔다.

그 위기의 시간을 어머니의 품처럼 끌어안고 나를 넘어지지 않게 지켜 준 사람은 순희였다. 가녀린 순희에게 그런 힘이 있을 줄은 몰랐다.

그래도 순희를 끔찍이 사랑했던 조모님과 바로 위의 언니 남희 처형의 응원이 있어서 우리 둘의 사랑은 결실을 맺을 수 있었다.

결혼 생활을 하면서 아내는 참 고생을 많이 했다. 무(無)에서 시작한 생활이라 어려움이 많았다. 게다가 내 모험심과 도전 정신은 살림하는 집사람을 많이 괴롭혔다. 그래도 아내는 잘 따라 주었다.

아내는 직접 학원에 출근하여 학생 뒷바라지를 해 주고 소홀히 할 수 있는 일들을 꼼꼼히 챙겨 주었다.

정치를 하는 사람들이 '동지(同志)'라는 말을 흔하게 쓴다. '뜻을 같이 하는 사람'이란 뜻이다. 그러나 정치판의 동지는 오래가지를 못한다고 한다.

나는 내 아내가 나의 가장 가까운 '동지'라고 생각한다. 반대를 하다가도 내가 고집을 부리고 나아가면 믿고 따라 준다. 그리고 모자라는 부분을 용케도 채워 준다.

인생을 마무리하는 훗날에 나는 아내 홍순희에게 이렇게 말할 것이다.

"내 평생에 가장 고마운 사람은 당신입니다."

우리 슬하에는 하나님이 1남 1녀를 주셨다. 둘 다 반듯하게 자라 주었다. 연세대학교 경제학과를 나온 은성이는 서울 법대를 나와 판사로 재직하고 있는 김상훈을 신랑으로 만나 6살, 3살인 손녀딸들을 키우며 행복하게 살고 있고, 연세대학교 법대와 경영대학원 MBA과정을 마친 동현이는 역시 연세대 MBA 석사과정을 다니고 있는 윤혜준을 아내로 맞이해 갓 태어난 손녀딸과 함께 복된 가정을 이루고 있다.

우리 부부에게 이런 큰 복을 주신 하나님께 감사하다.

▲ 사랑하는 가족의 젊은 시절 나들이

▲ 연세대학교 경영대학원 졸업식에서

▲ 만학의 열정을 불태우며 공부하는 경영대학원 MBA 시절의 모습

04

희망의 대명사
대학학원

01 ｜ 학원교육의 뜻을 세우고

군대에 가 있는 동안 과외방을 운영하며 푼푼이 모아두었다가 큰형님께 맡긴 내 종잣돈은 큰형님의 정성으로 크게 늘어나 있었다.

제대 후 이제는 안정적인 직업을 가져야겠다고 생각했는데 뜻밖에도 나에게 큰 종잣돈이 생겼으니 내 모험심과 도전 정신은 다시 피어났다.

지금이야 인구 30만 명의 큰 도시로 성장해 있지만 당시 원주는 작은 도시였다. 이미 서울에서 어린 나이에 작은 과외방도 운영해 본 경험이 있으니 원주에서 그 어떤 것을 하여도 성공할 자신이 있었다.

　무엇을 할 것인가 고민하던 끝에, 우연히 음식점에 손을 대게 되었다.

　이왕 음식점을 한다면 좀 색다르게 하고 싶었다. 우선 기존의 음식점과는 다르다는 인상을 주기 위하여 서울에서 유행하고 있던 '회관'이라는 명칭을 사용하기로 했다. 그렇게 해서 '남부회관'이라는 음식점이 탄생하였다.

　남부회관이라는 음식점을 시작하였으니 그래 한번 승부를 내자 하고 나는 덤벼들었다. 내가 직접 홀에서 서빙을 하면서 적극적으로 나섰다. 재료와 양념을 좋은 것을 쓰고, 정성을 다해서 만들면 맛이 날 것이라고 생각하고, 맛있게 먹을 수 있는 분위기 창출에 힘을 쏟았다. 그런 대로 장사가 잘 되었다. 그러나 음식 장사가 내 직업이 될 수는 없었다.

　마침 음식점을 하던 건물 인근에 직업훈련소가 있었다.

　1974년 '직업훈련에 관한 특별조치법'이 제정되어, 특정 산업분야의 일정 규모 이상 사업체에서는 직업훈련이 의무화되었고, 직업훈련소는 산업계의 인력을 길러내는 일을 하고 있었다.

　직업훈련소에 식사를 제공하는 일을 맡았다가 나중에는 그곳에서 수학을 가르쳤고 얼마 지나서는 직접 직업훈련소의 운영을 경험하였다.

원주에서 직업훈련소를 운영하다가 회사를 따라 경기도 부평으로 직업훈련소를 이전했다.

나는 직업훈련소에 근무하면서 그 많은 청소년들이 왜 대학에 가지 못하고 직업훈련을 받는가를 생각해 보았다. 결론은 바로 우리나라의 가난 때문이었다. 당시 80년대 초 경제 사정이 좋아졌다고는 하나 그래도 집안 사정이 어려운 학생들이 어떻게 공부해 볼 생각을 했겠는가? 그리고 가난 때문에 공부를 계속하지 못한 어른들도 꽤 많았다.

가난 이야기가 나왔으니 말이지만, 우리 윗대의 분들이나 우리 동년배들에게 가난은 삶의 한 부분이었다. 그래서 공부에서거나 사업에서거나 성공했다는 분을 소개할 때, 그 분들이 어떻게 가난을 이기고 성공했는가를 양념처럼 말하게 된다.

그러나 가난을 이기고 성공했다고 소개되는 분들을 보면, 그 분들 모두가 가난한 삶을 처절하게 산 것처럼 보이지는 않는다. 정말로 가난했다면 학교를 어찌 다닐 수 있었겠는가. 가난하기 때문에 학교 진학을 포기하고, 험난한 생활 전선에 뛰어들 수밖에 없었던 경험을 가진 사람은 그런 의문이 자연스럽게 들 것이다.

많은 독립 유공자 후예들은 정상적인 학교 공부를 하지 못해 가난을 대물림하고 있다. 그 분들은 진짜 가난을 경험했을 것이다. 공부보다 산 목숨을 유지하기 위해 입에 풀칠하는 것이 먼저이었으리라. 나 역시 그 가난으로 인하여 공부를 제 때에 하지 못하고 한참이나 늦어서 공부했기 때문에 그 아픔을 잘 안다.

부평에서 살다보니 서울로 자주 나가게 되었다. 그리고 서울의 입시학원을 접하게 되었다.

마음 한편에서 입시학원을 운영하고 싶은 생각이 불현듯 솟아나기 시작했다. 사회 교육, 그 중에서도 입시학원에 도전해 보고 싶은 소망이 무럭무럭 일어났다. 왜냐하면 내가 검정고시 학원을 다녔기에 공부에 대한 열망과 함께 나처럼 가정 형편이 어려워 공부를 제 때에 하지 못한 청소년들이나 직장인들에게 배움을 심어주자는 생각이 강하게 들었기 때문이다.

며칠을 고민하다가 아내와 의논했다. 아내 역시 당신에게 어울리는 일이니 힘들더라도 도전해 보라고 응원했다. 나는 드디어 아내의 지원에 힘을 입어 입시학원 쪽으로 나가기로 결정했다.

고민은 오래하나 결심하면 즉시 행동에 옮기는 것이 내 스타일이었다. 나는 입시학원을 운영하기 위해 부평의 직업훈련소와 관련된 모든 것을 처분했다. 그리고 본격적으로 학원 교육사업에 뛰어들었다.

그 당시 학원은 재수생, 직장인, 검정고시 준비생들이 수강하고 있었다. 재학생은 학원 출입이 법으로 금지되어 있었다.

1980년은 학원인들에게 재앙으로 기억되는 해였다. 1978년 서울의 사대문 밖으로 쫓겨난 대학입시학원들은 1980년 7월 30일 대학입시 본고사 폐지, 중·고등학교 재학생 학원 출입 금지라는 철퇴를 맞게 된다. 전두환 대통령이 사교육비를 때려 잡겠다고 우격다짐으로 내린 추상 같은 명령이었다.

학원들은 매월 말이면 다음달 수강료를 받아 그 달의 강사료 등을 집행한다. 즉 한 달을 당겨 자금을 미리 운용하는 것이다. 그런데 모든 학원들이 8월 수강료를 받아 7월분을 이미 집행했는데, 7월 30일자로 본고사 폐지, 재학생 학원 출입 금지 조치가 내려졌으니 환불 소동이 폭풍처럼 몰아쳤다.

이때 도산한 학원이 많았고 어느 원장은 스스로 목숨을 끊었다는 소식도 들렸다. 학원은 된서리를 맞아, 재수생들만이 학교처럼 학원을 이용했다.

또 직장인들이 야간에 학원을 찾는 경우가 많았다. 그래서 학원들은 재수생, 직장인들, 검정고시 준비생 중심으로 운영의 틀이 바뀌었다.

그 당시에는 고등학교, 대학교에 진학하지 못한 직장인들, 공장에서 일하는 젊은이들이 참으로 많았다. 너나없이 가난하고 어려웠던 가정 형편상 공부보다는 먹고 사는 것이 우선이던 시대의 산물이었다. 그래서 어떻게 하든 가난에서 벗어나자 하여 새마을운동이 용솟음쳤고 경제 개발에 박차를 가했다.

그러나 무엇으로 경제 개발을 했겠는가? 그것은 일본과의 한일 회담을 통해 국교 정상화를 하고 받은 보상금과 월남 파병을 대가로 미국으로부터 얻은 경제 원조였다. 이 보상금과 경제 원조를 밑천으로 경제 개발을 추진하던 당시, 자본이나 기술력이 뒤떨어졌던 우리나라는 노동집약적인 경공업 위주의 전략을 내세웠기 때문에 많은 노동력을 필요로 하였다. 그리고 집안이 어려워 대학에 갈 수도 없고, 학교에 다닐 수도 없는 처지의 청소년들이 산업 현장에 뛰어들어 일을 하였다.

그러나 생활고 때문에 학교를 다니지 못했던 많은 청소년

들이 직장 생활이 어느 정도 안정되니 공부를 하려는 열망
이 넘쳤다. 그래서 일부 회사는 산업체 학교를 회사 내에 세
워 학생들의 향학열을 충족시켰고, 산업체 학교를 갖지 못한
회사에서 일하는 청소년을 비롯해 직장인들은 검정고시 학
원이나 재수 학원을 다녔는데 이들 때문에 학원은 문전성시
를 이루었다.

　그러나 당시만 해도 학원 설립에 대한 규제가 너무 심했
다. 학원계에도 이른바 진입 장벽이란 것이 높았던 것이다.
그래서 나도 진입 장벽을 넘기 위해 대가를 치르고 나서야
사회 교육인 학업 사업에 발을 들여놓을 수 있었다. 말로만
듣던 규제가 무엇인지를 절실히 느꼈다.

　내가 처음 사회 교육에 뛰어든 곳은 상업시설이 많았던
영등포시장 쪽이다. 당시나 지금이나 영등포는 전형적인 상
업 지역으로 오가는 유동 인구가 많았다.

　처음에는 자본이 넉넉하지 않았고, 또 입시학원의 경험
이 전무하므로 부득이 동업을 할 수밖에 없었다. 영등포 시
장 상가 2층을 빌려 동업으로 학원을 시작했다. 원장은 학원
인가증을 달랑 대고, 나는 자본을 대어 부원장으로서 학원
을 경영했다. 직접 청소도 하고, 전단지를 만들어서 돌리면

서 열정적으로 일을 하였다. 나는 직업훈련소를 운영했다는
경험과 일류 학원을 만들겠다는 비전을 가지고 열정 하나로
학원을 운영하였다.

처음에는 빈약한 학원의 구조로 인해 많은 어려움을 겪었
다. 강사를 초빙할 때도 어려움이 많았다. 신설 학원이기 때
문에 다른 곳보다 강사료를 더 높게 책정해서 강사를 모셨
다. 그리고 학생을 모집하기 위해 다른 학원에서 마감을 하
면 그곳에 가서 직접 전단지를 돌리면서 학원생을 모집했다.
그렇게 힘들게 운영을 하면서 기초를 쌓아 나갔다.

그렇게 노력을 한 결과 학원 규모를 늘려 이전할 수 있었
다. 영등포시장 사거리 상업은행 바로 뒤의 6층 단독 건물이
었다. 그러나 문제는 그때부터 불거지기 시작했다.

02 | 학원 인가증

나는 세상을 살아오면서 동업을 많이 해 보았다. 어려서 고철을 캘 때에는 황 아저씨와 동업을 했다. 그 때는 아저씨가 내 대가를 쳐 주는 대로 받았다.

동업은 참 어렵다고 한다. 할 일이 못 된다고 한다. 그러나 내 생각은 다르다. 오늘날 대부분의 회사가 주식회사인데 그것은 동업이 아닌가? 지금 나는 (주)이스타코의 대표이사를 맡고 있다. (주)이스타코에는 많은 주주가 있다. 그들의 위임을 받아 내가 회사를 경영하고 있다. 따라서 나는 그들과 동업을 하고 있다는 강한 책임감을 가지고 있다.

그런데 동업자 간에 어느 일방이 독선적으로 운영하거나 욕심을 부리게 되면 그 동업은 깨어질 수밖에 없다.

나는 학원 인가증을 무형의 재산으로 댄 원장과 함께 동업을 했다. 자본과 운영의 노고를 내가 제공했다. 그러나 권리와 책임이 불공평했다. 결국 우리의 동업이 깨어졌다.

학원에서 가장 중요한 것이 무엇인가? 그것은 강사진이요, 관리 시스템이다. 나는 누구에게도 질 수 없다는 열정으로 똘똘 뭉쳐진 사람이다. 내가 나를 그렇게 평가했고 남들도 나를 그렇게 보았다.

한강 이남에서 가장 우수한 학원을 만들어야 한다. 재수생이 편안하게 공부할 수 있는 곳, 저렴한 수강료로 마음껏 실력을 닦을 수 있는 곳, 그런 학원을 만들어야 한다.

30대 한창 나이인 나는 거의 학원에서 먹고 자고 하였다. 필요한 선생님이 있으면 몇 번이고 찾아가 기어코 우리 학원으로 모셨고, 그 선생님이 강의에만 신경을 쏟을 수 있도록 뒷바라지를 했다.

학원은 번창하기 시작했다. 그런데 동업이 깨지고 만 것이다.

나는 단독으로 학원을 경영하기로 결정했다. 이제 본격적인 내 학원을 만들고 싶었다. 내가 생각하는 운영 방식, 내가 생각하는 교육의 효과를 일궈보고 싶었다. 나는 주변 분들에게 협조를 구했다. 강사들에게도 도움을 요청했다. 모두가 도와 주겠다고 나섰다.

그런데 문제는 학원 인가증이었다. 1960년대 이후 약 40년 동안 학원은 문교부(오늘날 교육인적자원부)의 극심한 통제 하에 있었다. 1978년, 학원은 서울의 사대문 밖으로 쫓겨나게 되었고, 이전 허가도 상업지역이 아니면 나오지 않았다. 그렇게 상업지역으로 학원을 몰아넣고, 학원 주변이 우범지대라고 마구 비판하던 시절이었다.

서울 시내에 입시학원 인가증 자체가 20여 개밖에는 없었고 새로운 인가증은 완전 동결된 시대였다. 지금과 같이 보습학원이 봇물처럼 터져 학원으로 넘쳐나는 현실에서는 상상할 수 없는 그 당시였다. 그 인가증이 없는 사람은 누구도 학원을 경영할 수 없었다.

그러니 학원은 학원증을 가진 기득권자들만 운영하게 되어 있었다. 학원 운영을 하고 싶다면 그들과 동업하는 길밖엔 다른 도리가 없었고, 그러다 보니 인가증 가진 원장의 횡포에 휘둘려 불이익을 보기 일쑤였다. 기존의 학원 인가증을 살 수도 없었지만, 어쩌다 사려면 보통 2억 원에서 3억 원 정도를 호가하는 것이었다. (당시 학교 교사 월 봉급이 30만 원 정도였다.)

그런데 지금 그 인가증이 나에게 절실히 필요했다. 나는 내가 경영할 새로운 학원에 투자해 줄 든든한 물주를 물색했다. 그동안 열정적으로 학원 경영에 올인한 내 모습을 보고 내 주변의 재력가 몇 분이 투자에 응해 주었다. 건물을 새로 임대하고 강사진을 보강하고 학생들을 모집하면서 나는 학원 인가증을 사기 위해 백방으로 노력했다.

그 때 마침 유 원장(이름은 밝히지 않는다)으로부터 연락이 왔다.

"김 원장, 학원을 새로 한다고? 내가 인가증 하나 빌려준 것이 있는데 그것 인수하려나?"

그것은 하늘이 주신 기회였다. 얼마나 가슴 벅찼던지….

나는 단숨에 유 원장에게 달려갔다. 유 원장 말은 인가증 하나를 다른 사람에게 빌려 주었는데 값만 맞는다면 팔겠다는 것이었다. 그가 부르는 값은 물론 내게 벅찼다. 그러나 나는 흥정할 입장이 아니었다. 아니 내게 이런 기회가 왔다는 것 자체가 행운이 아닌가?

나는 그 자리에서 계약을 하자고 졸랐고, 그 계약은 쉽게 성사되었다. 계약금도 치러졌다. 이제 나는 학원 개강 준비만 착실히 하면 그만이었다.

이렇게 해서 드디어 나는 학원 인가증을 가진 명실공히 사회 교육계의 원장이 된 것이었다.

그런데 며칠 후 청천벽력 같은 전화가 걸려 왔다. 유 원장이었다.

"허 참, 김 원장, 이거 내가 실수했네. 그 증 말이야. 빌려 쓰고 있던 김 원장이 팔아 버렸다네. 이거 어떡하면 좋지?"

이게 무슨 말인가? 계약이 끝난 학원 인가증이 어떻게 되었다고?

유 원장에 대한 분노 이전에 모든 것이 무너지는 듯한 절망감이 밀려들었다.

인가증이 없다? 그러면 준비를 다 끝낸 학원 개강은 어쩐다? 강사들은? 학생들은? 한없는 나락에 떨어지는 기분이었다.

나는 단숨에 유 원장에게 달려갔다. 유 원장의 설명인즉, 김 원장에게 돈을 빌리고 담보로 학원 인가증을 주었는데, 김 원장이 그 증을 남에게 팔고 일시불로 돈을 다 받았다는 것이다. 그러니 도로 무를 수가 없으니 이 계약은 없던 것으로 해 달라는 사정이었다.

나는 눈 앞이 캄캄했다. 있을 수 없는 일이었다. 내 꿈이 산산조각 나는 순간이었다.

03 | 서한샘 박사와의 만남

그 중을 산 분이 누군가 알아보았더니, 당시 강사로서뿐만 아니라 한샘국어 저자로, 출판사 사장으로, 또한 한샘학원으로 유명한 서한샘 박사님이라는 것이었다. 나는 완전히 낙담했다.

서한샘 선생님은 학원가에 혜성과 같이 나타난 분이다. 서 선생님은 다른 강사와는 달리 학교 선생님을 10년간 하시고 늦게 학원가에 데뷔했지만, 데뷔하자 마자 그 분의 저서 한샘국어로 단숨에 스타덤에 오른 당대의 명강사였다. 학원가의 대부분 강사들이 "한샘국어"로 강의할 정도로 교재가 좋았다. 그 분의 강의는 재수생에게는 신화처럼 여겨져 재수생들은 수강증을 끊기 위해 온밤을 새우기도 하고 수강증은 프리

미엄이 붙어 매매가 될 정도였다. 정말 유명한 대강사였다.

그분도 한샘학원을 경영하고 있었지만, 인가증을 소유한 분과 동업 관계였기에, 모처럼 인가증을 어마어마한 고액에 인수하였는데 양보할 턱이 없었다. 어쩌면 나보다 더 인가증이 필요한 분인지도 몰랐다.

어떻게 하면 좋은가? 내 꿈이 여기서 다 사라진단 말인가? 아니 꿈이 문제가 아니라 학원 개강을 위해 출자를 받고 광고를 하고 준비를 다 했는데 이 노릇을 어쩌란 말인가?

나에게는 절체절명의 생사가 걸린 문제였다. 진인사대천명(盡人事待天命)이라 했으니 실낱 같은 희망을 안고 마지막으로 서한샘 선생님을 만나는 도리밖에는 다른 길이 없었다.

생면부지의 젊은 나를 서 선생님은 흔쾌히 맞아주었다. 수인사가 끝나고, 나는 8년 연배이신 서한샘 선생님에게 조심스럽게 운을 떼었다.

"오늘 이렇게 찾아 뵌 것은 저에게 절박한 사연이 있기 때문입니다. 초면에 큰 실례인 줄 압니다만 제 사정 말씀을 드릴 테니 들어 주시기 바랍니다."

나는 지금 처한 사정과 학원 인가증에 얽힌 문제 등을 진지하게 설명해 나갔다. 내 설명을 듣는 서 선생님의 얼굴은 점차 굳어져 갔다. 서 선생님은 내 말의 허리를 잘랐다.

"잠깐, 김 원장의 사정은 잘 알겠소. 참으로 딱하게 되었군요. 그러나 나도 학원증 때문에 서러움을 많이 겪은 사람이오. 돈을 모두 지불하고 인가증을 겨우 확보했소. 미안하지만 학원 인가증을 포기할 수는 없소."

하늘이 무너지는 듯했다. 침묵이 흐르고 내 눈엔 이슬이 맺혔다

나는 내 지내온 과거의 성장 과정을 이야기했다. 그 피 맺힌 과정 끝에 이제 겨우 자리를 잡고자 하는 나의 현실, 그 안타까움을 서 선생님에게 전달하는 수밖에 다른 도리가 없었다.

시간이 꽤 흘렀다. 다행히도 서 선생님은 나를 쫓아 내지 않았다. 말을 끝낸 후에 긴 침묵이 흐르고 있었다. 그 침묵을 서 선생님이 먼저 깼다.

"식사나 하러 갑시다."

거절하기 위한 핑계를 찾기 위함인가? 아니면 나를 달래려 함인가?

서 선생님은 처음 만난 우리 일행을 한샘출판사 근처의 일식집으로 안내했다. 음식을 먹는 둥 마는 둥 대화가 건성으로 오갔다. 술이 서너 순배 돈 후에 나는 마지막 용기를 내어 서 선생님께 바짝 덤벼들었다.

"박사님, 저에게는 생사가 달린 너무나 절박한 문제입니다. 박사님께서 이미 확보한 인가증을 양보해 달라고 하는 것이 염치 없는 일인 줄은 알지만, 박사님의 허락을 얻지 못하면 제 꿈은 여기서 모두 무너지고 맙니다. 선생님은 증을 구하실 기회가 다시 올 수도 있지 않습니까? 그러나 저에겐 이 증이 없으면 모든 것이 끝입니다."

그것은 바로 내 심정 그대로의 표현이었다. 나는 내 모든 삶을 다 녹여서 서한샘 선생님에게 매달렸다. 어느 만큼 침묵의 시간이 흘렀을까? 서한샘 선생님이 드디어 입을 열었다.

"내가 졌소. 김 원장의 그 열정에 내가 졌소. 김 원장이 얼마나 절박하기에 처음 보는 나에게 이렇게 간청하겠소? 좋소. 당신이 먼저 학원을 하시오. 나는 다음에 또 기회가 오겠지. 대신 나중에 김 원장이 인가증 하나 구해 주어야 하오."

아, 하나님 감사합니다! 내 입에서는 저절로 '감사'가 쏟아져 나왔다. 그리고, 절실한 자신의 문제보다도 더 절실한 타인의 문제를 먼저 생각해 주는 서한샘 선생님에게 진심으로 감사의 머리를 숙였다.

대학학원은 그렇게 탄생하였다. 그리고 대학학원은 욱일승천 성장해 나갔다. 그러나 서한샘 선생님은 그 사건 이후 여지껏 학원 인가증을 가지지 못했다.

04 | 대학학원의 비전과 도전

나는 내친 김에 학원 건물을 내 소유로 만들었다. 물론 엄청난 융자로 매입했다. 일단 일을 저질러 놓고 봐야 직성이 풀리는 성격이라 다른 사람들은 나의 행동을 무모하다고까지 말한다. 그러나 나는 일을 해야 했기 때문에 끊임없는 도전 정신과 열정으로 항상 한 발 앞서 가며 계획을 세웠다.

나는 학생 모집을 위해서 여러 방법을 연구했다. 실력 있는 강사가 많다는 것을 알리기 위해 우리 강사들이 TV해설위원이 될 수 있도록 노력했다. 그리고 대학학원의 강사는 실력이 뛰어나다는 것을 알리기 위해 학력고사 정답 해설지를 시험 당일 시험 보는 학교 앞에서 제공하는 모험도 감행했다.

당시는 학력고사 시험을 모두 끝마치기까지 정답을 제공하지 않았다. 그래서 문제지와 정답지를 미리 제공하는 학원이 몇몇 있었다. 정답 해설지 제공은 당시 일류학원인 C학원이나 D학원들도 모두 꺼리는 일 중의 하나였다. 혹시라도 실수해서 정답을 틀리게 발표하면 큰일이 나기 때문이다. 그러나 나는 우리 선생님들의 실력을 믿었다. 그리고 과감히 선생님들이 풀이한 문제의 정답을 공표했다.

이러한 일들은 다른 학원이 따라올 수 없는 대학학원의 노하우였다.

멈추지 않는 도전과 모험 정신은 항상 나를 현실에 머물지 않게 했다. 나는 앞으로 달려가야 했다. 다른 사람이 생각하지 못하는 학원 경영의 방법을 찾기 위해 골몰했다. 학원 경영 이외의 다른 생각은 모두 끊었다.

당시의 교육제도는 재수생을 양산해 낼 수밖에 없었다. 학생이 눈높이를 맞추어 지원하는 대학을 제도적으로 한정시켜 놓았기 때문에 한 번 떨어지면 재수를 할 수밖에 없는 상황이었다. 즉 서울대, 연대, 고대가 같은 날짜에 입학시험을 치르기 때문에 합격하지 못한 학생들은 눈높이를 확 낮춰

후기 대학에 지원할 수밖에 없었다. 그러니 학생들은 자신이 설정한 눈높이 대학에 입학하지 못하면 재수, 삼수 이렇게 계속 재도전하게 되어 있었다.

지금이야 가군, 나군, 다군 이렇게 학교들이 합리적으로 포진하여 학생들을 모집하고 있으니 자신의 적절한 눈높이에 맞추어 대학을 갈 수 있다. 가군에서 연세대, 고려대 등을 지원한 학생이 나군에서는 서울대나 서강대를 지원하는 식으로 눈높이가 비슷한 대학에 지원함으로써 학생들의 재수를 제도적으로 줄여주고 있다.

그러나 재수생이 많았던 근본적인 이유는 무엇보다도 대학공부를 열망하는 학생들이 많았다는 점이다. 대학의 정원은 한정되어 있고 대학에 가고자 하는 학생들은 많았으니 어쩔 수 없는 상황이었다.

대학에 가기 위해 학교처럼 아침 일찍 등원하고 그리고 저녁까지 공부하는 주간 종합반 학생들 외에도 저녁에 단과학원에서 공부하는 학생들이 많았다. 그러나 우리 학원은 아쉽게도 단과학원을 운영할 여력을 갖지는 못했다. 대신에 야간 직장인반을 개설했다.

영등포는 상업지역이라 많은 수의 직장인이 있었다. 그들의 배움에 대한 열정을 충족시켜 주고 학원 운영을 안정적으로 하기 위해 야간 직장인반을 운영하였다.

야간 직장인반은 상당한 반향을 불러일으켰다. 주변의 많은 직장인들이 학원 등록을 하여 학생들을 더 이상 수용할 수 없는 상태였다. 우리 학원을 따라 뒤늦게 다른 학원에서도 야간 직장인반을 개설할 정도가 되었다.

그러나 입시학원의 꽃은 단과학원이다. 단과학원을 개설하려면 유명 강사가 있어야 했다. 그런데 기라성 같은 대강사를 모시려면 그 조건이 만만치 않았다.

그래도 나는 단과학원을 운영하고 싶었다. 이제 학원 운영을 시작한 지 얼마 되지 않은 신참 원장, 그것도 무명학원이나 다름없는 대학학원 원장이 단과학원을 운영하려고 했으니, 당시 학원가의 내로라하는 선배 학원 원장들이 아마도 코웃음을 쳤을 것이다.

먼저 강사 조각이 문제였지만 뚝심으로 밀어붙였다. 나는 장안의 내로라하는 단과 유명 강사의 리스트를 작성하고 또 학생들을 통해 어느 강사가 유명한지를 조사해서 스카웃을 할 수 있는 강사 명단을 작성하였다. 그리고 직접 찾아 다녔다. 도와 주기를 간청하고, 말로 안 되면 며칠이고 집 앞에서 기다리고 기다려서 허락을 받아냈다.

그러나 성공을 보장할 수 없는 나의 스카웃 제의에 유명 강사들도 상당한 모험을 한 셈이다. 왜냐하면 자신들의 1년 농사가 자칫 실패로 돌아갈 수도 있는 중요한 선택이기에 고심을 많이 했을 것이다. 나도 모험을 했다. 과감하게 수입 보장의 제의를 하여 단과학원 강사 조각을 하였다.

그 당시에 실행한 또 하나의 내 아이디어는 강사를 공채 하는 것이었다. 그것은 그때까지 학원가에서 쓰지 않는 최초 의 방법이었다. 나는 앞을 내다보고 장기적인 포석으로 직접 유명 강사를 양성하려고 시도했던 것이다.

나는 공채 모집을 강행했다. 당시는 학원가에서 강사를 모 집할 때, 학교에서 주로 교사를 스카웃하는 경우가 아니면 강사의 면식을 통하는 경우가 많았다. 그러나 나는 모험을 해보기로 하였다. 1차 서류 심사, 2차 시험, 3차 면접이라는 3단계 전형을 통해 강사를 모집했다. 지금까지 그때 모집한 강사가 나와 함께 하고 있으니 질긴 인연이라고 할 수 있다. 그래서 가끔 지나가는 말로 당시 공채된 강사는 자신이 조 금만 학원 물을 먹었어도 그렇게 지원하지는 않았을 것이라 는 말을 하곤 한다.

드디어 1989년 나는 대학단과학원을 열었다.

대성공이었다. 예식장 건물을 개조한 학원 입구에서부터 현재의 김안과 병원까지 돌고 도는 학생들의 행렬을 보고 감격에 겨워 눈물을 흘리지 않을 수 없었다. 학원 경영을 하면서 두 번째 감격의 눈물을 흘렸다. 영등포 상업은행 뒤의 6층 건물을 사서 학원을 이전했을 때도 기쁨의 눈물을 흘렸는데 이번에도 감격한 나머지 기쁨의 눈물을 쏟지 않을 수 없었다.

나는 유독 눈물이 많은 사람이다. 그런 나를 보고 아내는 놀리기도 하지만 기쁜 일이나 소망하는 목표를 달성했을 때 흐르는 눈물을 나는 주체할 수가 없다. 마음 고생을 많이 해서 눈물이 많은가 보다.

05 | 오목교역에 학원 부지를 마련하고

밝음이 있으면 어둠이 있는 것이 삶의 진실인 것을 알았다.

그렇게 대성공으로 출발한 대학단과학원이 3월이 되자 학생이 많이 줄었다. 유명강사들의 얼굴을 볼 수가 없었다. 왜 그런가 원인 분석을 해보니 그것은 위치와 거리상의 문제였다. 방학에는 많은 학생이 먼 곳에서 시간이나 거리를 불문하고 올 수 있었지만 개학이 되자 통학을 할 수가 없었던 것이다.

학원의 위치가 왜 중요한가를 뼈저리게 깨달았다. 영등포 역에서 하차하더라도 학원까지 오려면 한참을 걸어야 하는 거리였으니 나부터라도 학기 중에는 학원을 다닐 수가 없을 것 같았다.

동요하는 강사들께 여름방학까지만 기다려 달라고 하며 생각에 생각을 거듭했다. 결론은 학원을 계속 경영하려면 근본적인 변화를 주어야 한다는 것이었다. 그것은 학원 이전이었다. 몇 달을 고민한 끝에 학원을 이전하기로 최종 결론을 내렸다.

학원 이전을 하기 위해 영등포에 있는 대학학원을 중심으로 지도에 컴퍼스로 원을 그리면서 고민을 하고 고민을 했다. 대학학원이 알려진 곳이어야 하며 향후 발전할 곳으로 학원 부지를 선정한다는 것은 어려운 사항이었다.

드디어 나는 현재 대학학원빌딩이 자리잡고 있는 부지를 최종 낙점했다.

목동 신시가지 아파트가 조성되었으니 앞으로 전철이 개통되면 그야말로 최상의 요지라고 생각했다. 물론 다른 예정지도 있었다. 그곳은 화곡 사거리 성모병원 부지였다. 이 두 곳을 놓고 저울질하다가 오목교역 쪽으로 결론을 내렸다. 두 군데 모두 입지가 좋았지만 오목교역 선택이 내 인생에서 최상의 선택이 될 줄을 당시는 몰랐다. 결과적으로 이곳 선택은 내 인생을 좌우하는 운명적 결정이었다고 생각한다.

게다가 당시 양천 지역에는 공교육을 보완해 줄 적당한 학원이 없었다. 양천 지역에 양질의 교육 환경을 만들어서 우리나라를 이끌 인재를 양성해 보자는 큰 꿈이 비전으로 다가왔다.

하지만 그때부터가 고난의 시작이었다. 영등포 사옥을 담보삼아 어렵게 학원부지는 매입했다. 하지만 토지대금과 건축비를 감당해야 했다. 돈을 구하기 위해 동분서주하는 사이 학원은 어려움에 빠져들었다. 엎친 데 덮친 격으로 부도설까지 흘러나오면서 외우내환에 시달려야 했다. 인생 최대의 위기였다.

200원으로 시작한 인생, 잃을 게 없다고 뚝심으로 버티던 시절과는 상황이 달랐다. 내게 목을 매고 사는 강사와 직원들이 있었고, 학생들이 있었다. 어떻게든 버텨내야 했다.

그러나 위기는 기회였다. 언제나 벼랑 끝에서 희망을 발견하던 나였다. 위기 상황에서 오히려 사업을 확장하기로 했다. 토지대금과 건축비를 조달하기 위해서 사업을 확장하는 것 말곤 방법이 없었다. 위기를 타개할 방법을 찾기 시작했다. 그러다가 떠오른 것이 당시 유행하기 시작한 기숙학원이었다.

학생들을 기숙사에 모아놓고, 숙식하면서 공부하게 하는 스파르타식 학원이었다. 대학 합격률이 높다는 소문이 나면서 기숙학원에 입학하는 학생들이 늘어나는 추세였다. 결심을 세웠으니 실행에 들어갔다. 부천 송내동에 서부대학학원을 개원했다. 역시 예상은 적중했다. 기숙학원에는 수강생이 몰렸다. 복덩이였다. 어려운 자금 사정을 해결할 수 있었고, 더 큰 비전을 갖게 했다.

나는 다른 학원에서 미처 손대지 않은 분야를 생각해냈다. 그것은 재학생을 상대로 한 중등부와 고등부 종합반이었다.

먼저 중등부 종합반에 초점을 맞추었다.

이미 고등학교 입시가 유명무실해졌지만, 특목고 바람이 거세게 불기 시작하던 시절이었다.

특목고란 특정 분야에 소질이 있는 학생을 선발해 특화된 교육과정을 운영하는 고등학교를 말한다. 근거 법령인 초중등교육법시행령 제90조에는 '특수 분야의 전문적인 교육을 목적으로 하는 고등학교'라고 정의하고 있다. 당초 특목고는 기계, 전자, 농업, 수산 등 이른바 실업계 전문 인력을 양성하기 위해 도입되었지만, 처음 의도와는 달리 점차 외국어고 또는 과학고가 특목고의 중심이 되었다. 명문대 진학을 목적으로 자녀를 특목고에 입학시키는 학부모가 많아지면서 사회문제를 낳고 있지만 당시는 어떤 학원도 특목고를 대비한 반 운영을 하지 않은 실정이었다. 대학학원이 시도한 특목고 운영은 대성공을 거두었다.

오늘날 특목고 바람의 시초는 대학학원이었다고 해도 지나친 말은 아니다.

또한 그 당시 특목고로 진학한 학생을 수용할 고등부 종합반이 서울 시내 어디에도 없었다. 그래서 우리 학원은 자연스럽게 특목고생을 위한 고등부를 운영할 수밖에 없었다.

이렇게 오목교로 학원을 이전할 준비를 하는 가운데 당시 다른 학원이 거들떠보지 않던 특목고 진학을 위한 중등부 종합반, 특목고 종합반이란 분야를 찾았다. 오늘날 경영에서 말하는 블루오션이라고 할 수 있을 것이다.

▲ 대입단과 대학학원 개원식에서 인사하는 필자

06 | 이석호 회장과의 만남

김춘수 시인의 〈꽃〉이라는 시를 나는 좋아한다. 그 시는 인간과 인간과의 관계를 극명하게 노래한다.

내가 그의 이름을 불러 주기 전에는
그는 다만
하나의 몸짓에 지나지 않았다.

내가 그의 이름을 불러 주었을 때
그는 나에게로 와서
꽃이 되었다.

내가 그의 이름을 불러 준 것처럼

나의 이 빛깔과 향기에 알맞은

누가 나의 이름을 불러다오.

그에게로 가서 나도 그의 꽃이 되고 싶다.

우리들은 모두

무엇이 되고 싶다.

너는 나에게 나는 너에게

잊혀지지 않는 하나의 눈짓이 되고 싶다.

그렇다. 의미를 부여하지 않으면 그가 아무리 내 곁에 있다 하더라도 그는 나와 관계가 없다. 그러나 그에게 의미를 부여하면 그가 아무리 멀리 있다 하여도 그는 내게로 와서 꽃이 되는 것 아닌가.

숨차게 인생을 살아가면서 수많은 사람을 만났고 앞으로도 만나리라. 그 중에서 진정한 '만남'으로 하여 나에게 '꽃'으로 다가오는 사람이 얼마나 될 것인가.

나를 항상 도와주는 고마운 우리 집 사람, 눈에 넣어도 아프지 않은 나의 희망 은성이, 동현이. 성장 과정에서, 사회생활을 해 오면서, 내 처지를 이해해 주고 도와주었던 친구들, 선배들, 학원 선생님들 — 그들은 내 인생에 있어서 '스쳐간'

사람들이 아니라 꽃이 되어 '만난' 사람들인 것이다.

　이석호 회장님과의 만남은 만남 중에서도 특별한, 내 인생의 진로를 바꾸어 놓은 만남이었다.

　이 회장님을 만나 뵙게 된 것은 내가 1989년 대학학원 단과학원을 개원한 직후였다. 영등포역 앞에서의 학원 경영은 성공적이었다. 재수종합반도 운영이 잘 되었고 처음 시작한 단과학원도 출발이 좋았다.

　그러나 좀 더 튼튼한 학원 교육을 이끌기 위해서는 교육 환경이 좋고 학생들의 접근성이 좋은 장소가 필요했다.

　언젠가는 학원을 좀 더 좋은 장소로 이전해야겠다고 마음 먹어온 나는 이 기회에 학원 이전을 구체화하자고 생각했다. 영등포에서 가까운 신흥 주거단지를 꼽자면 대단위 아파트 단지가 들어서는 목동이 최적지였다. 나는 목동에서도 교통의 중심지가 될 곳이 어딘가를 찾고 또 찾았다. 그리고 최종적으로 내가 선택한 곳은 현재 대학학원이 우뚝 서 있는, 지하철 5호선이 지나는 양천구 오목교역이었다. 그 자리에 학원이 번듯하게 들어갈 수 있는 삼보극장 자리가 있었다. 그곳이 바로 이석호 회장님네 땅이었다.

결심이 서면 행동에 옮기는 것이 내 스타일이다. 나는 그 땅의 소유주를 수소문했고 드디어 이석호 회장님을 만날 수 있었다.

이석호 회장님은 (주)세진이라는 국내에서 가장 규모가 큰 소방기기 종합전문회사를 경영하고 있었고, (주)세진은 1988년에 한국증권거래소에 500번째로 상장된 코스피 상장 기업이었다. 사업도 탄탄할 뿐 아니라 부동산도 여기저기 가지고 계신 분이었다.

처음 뵙는 그분의 인품은 매우 훌륭해 보였고 매사에 꼼꼼하셔서 돌다리도 두드려 보고 건너시는 분처럼 보였다.

열정과 패기가 전 재산인 나는 이 회장님 뵙기를 청했다. 나는 말씀드렸다. 목동 대단위 아파트 단지에 필요한 것은 좋은 학원이라고. 그 학원의 위치로 가장 좋은 곳이 바로 이 회장님 건물이라고. 내가 최고의 학원을 만들 테니 이곳을 나에게 팔아 달라고.

한 번에 답이 나올 수는 없었다. 그러나 나는 포기하지 않고 이 회장님을 설득했다. 진심을 다하면 뜻이 이루어진다는 것을 이미 깨달아 알고 있었기 때문이다.

드디어 이 회장님께서 토지매매를 허락해 주셨다. 약 500평에 해당하는 토지의 매매 대금은 21억 원이었다. 그러나 사실 나에게는 그 땅을 살 만한 재력이 없었다. 어쨌거나 나는 비장한 결심을 하고 토지매매 계약서에 도장을 찍었고 계약금 2억 원을 지불했다.

그렇지만 문제는 금방 터졌다. 계약금은 치렀지만 1차 중도금 지불부터가 만만치 않았다. 결국 날짜를 어겨서 지불하는 실례를 범하게 되었다. 이 회장님께 백배 사죄하였더니, 이 회장님은 오히려 근심스런 얼굴로 나를 걱정했다.

"도대체 자금 마련은 해 놓고 사업을 벌이는 것이오? 패기만 가지고 사업을 할 수는 없지. 힘들면 지금이라도 포기하시오. 받은 돈은 돌려 줄 테니까."

나는 얼굴이 화끈거렸다.

"죄송합니다. 다음엔 실수하지 않겠습니다. 자금 마련 계획은 다 세워 두었습니다. 그런데 한 군데에서 약속이 지켜지지 않아 차질을 빚었습니다. 다음엔 심려 끼쳐 드리지 않겠습니다."

이 회장님께서는 충청도 사람치고 배짱 좋은 사람을 못 보았는데 정치인 김○○ 이후에 당신같이 배짱 좋은 사람 처음 본다고 껄껄 웃으셨다.

사실 목동 학원 부지의 매입은 내겐 큰 모험이었다. 그러나 나는 내게 투자를 해 주겠다는 지인의 말을 믿고 일을 저

지른 것이다. 그러나 그것이 차질이 왔다.

나는 이를 악물었다. 당장 2차 중도금이 문제인데 이를 어떻게 해결해야 하는가?

나는 백지 위에 내가 처한 현실을 메모했다. 그리고 내가 처한 어려움을 구체화했다. 그것을 뚫기 위한 방법 1, 2를 적어 나갔다. 그 방법이 어려움을 해결 못 한다면 포기하는 도리밖엔 없었다.

나는 드디어 결단을 내렸다. 흑자 운영을 하고 있는 영등포 대학학원의 지분을 대폭 양도하는 것과 부천에서 잘 나가고 있는 기숙학원을 매각하기로 했다. 내 피땀으로 일궈낸 사업들이었지만 도약을 위한 결단에 망설일 이유는 없었다.

2차 중도금을 치르면서 나는 이석호 회장님께 꼭 드릴 말씀이 있다고 했다. 그 분은 나를 조용한 음식점으로 안내했다. 좌정을 하자 나는 내 속에 있는 말씀을 차근차근 드렸다. 학원 사업이 어떤 것인가, 내가 학원 사업을 하면서 어떤 성공을 거두었는가, 왜 굳이 목동으로 이전하려고 하는가, 목동에 학원이 서면 어떤 결과가 예측되는가, 그런데 지금 나에게 닥친 고민은 무엇인가, 나는 진실되게 찬찬히 말씀드렸다. 이 회장님은 흥미 있게 내 말씀을 들었다.

"그래서 회장님께 청이 있습니다. 회장님께서 제 동업자가 되어 주십시오. 계약금, 중도금 치렀습니다만 제게는 건축까지 할 여력이 부족합니다.

학원 사업은 명분과 실리가 겸비된 사업입니다. 교육의 기쁨이 있고 투자한 만큼의 이득이 있는 사업입니다. 회장님께 잔금을 지불해 드린다고 해도 빌딩을 건축하려면 막대한 자금이 필요합니다. 정당한 조건으로 학원 사업에 공동투자를 해 주십시오.”

어디서 그런 용기가 난 것일까? 토지 매입을 위해 만난 분한테 나는 투자까지 요청하게 된 것이다. 이 회장님은 그 자리에선 좋다 싫다는 답이 없으셨다.

그러나 결국 이 회장님께선 내 동업자가 되어 주셨다. 그리고 동업자가 되어주신 이 회장님께 나는 많은 신세를 지게 되었고, 나중에는 내가 이 회장님을 크게 도와드려야 할 귀한 인연을 맺게 된 것이다.

이 회장님과의 동업으로 학원부지 문제가 해결되었고 주변의 대지도 더 사들여 약 1,000평의 부지를 마련했다. 그리고 건물을 신축하게 되었다. 그러나 역시 호사다마(好事多魔)인가. 이번에는 건축에 반대하는 주변 민원 때문에 많은 애를 먹었다. 그렇지만 이번에도 나의 진실과 끈기, 도전과 열정의 정신으로 그것을 뚫어 나갔다.

학원 빌딩 신축에는 많은 자금이 소요되었다. 동업의 지분에 따라 출자했지만 항상 부족한 것은 나였다. 그것을 이 회장님께선 당신의 다른 부동산을 담보로 내놓으셔서 대출받아 처리하도록 배려해 주셨고 그 후에도 든든한 내 후견자로 재정적인 일에 많은 도움을 주셨으니 지금도 나는 그분을 또 한 분의 은인으로 생각하고 있다.

▲ 이석호 회장님 내외와 함께

07 | 양천 시대를 열다

1993년 12월 28일, 드디어 양천 대학학원의 개원식이 성대하게 열렸다. 양천구 출신 국회의원이신 박범진 의원, 정석수학의 저자 홍성대 이사장, 한샘국어 저자 서한샘 박사, 황수관 박사, 학원총연합회 문상주 회장 등을 비롯한 많은 내빈들이 와 주셨고 축하 화환으로 건물 입구가 채워졌다. 집사람과 함께 현판식을 했던 그 추억이 지금도 새삼스럽다.

내가 친부모님처럼 모시는 장인·장모님께서도 참석하셨고, 원주에 사시는 큰형님 내외분을 비롯하여 둘째와 셋째 형님도 다 오셨다. 이제 무엇인가 나도 이루었다는 뿌듯함에 눈물이 절로 나고 있었다.

신축 이전한 새 학원의 이미지에 맞게 나는 학원 운영 전반에 걸쳐 큰 변화를 주었다. 우리 속담에 '새 술은 새 부대에'라는 말이 있는 것처럼 새 학원의 이미지에 맞게 변화를 주었다.

'앞서 가는 대학학원'이라는 모토를 내세우고 그에 걸맞게 모든 준비를 하고 특히 강사 문제에 신경을 썼다. 학원의 생명은 무엇보다도 강사가 아니던가.

그때 영등포에서 함께 했던 많은 강사들을 다 수용할 수는 없었다. 젊고 유능하고 실력있는 강사를 우선 채용했다. 하드웨어인 웅장한 빌딩이 있고 이를 운영할 소프트웨어를 완벽하게 갖추다 보니 불가피하게 내린 조치였다.

1990년대 중반 특목고 열풍이 불기 시작했다. 여기에 더하여 대학별 본고사에 해당하는 논술 시험이 치러졌다. 논술고사는 당시 우리의 교육을 바꾸는 코페르니쿠스적인 발상의 전환이었다.

학원은 강사들을 논술연수회에 참여하도록 하고 그리고 각 대학의 논술 유형에 맞추어 학생들이 대비할 수 있도록 각 대학의 논술 관련 교수를 초빙하여 특강을 하였다. 당시 서울대, 연대, 고려대, 서강대, 중앙대 등 다수의 논술 관련 교수를 초빙했다.

학원에는 양천, 강서, 영등포, 구로, 부천, 일산 등의 학생을 비롯하여 멀리 인천 지역의 학생까지 수강 신청을 하여 인산인해를 이루었다. 강의실이 모자라 사무실로 쓰던 곳을 하루 만에 공사를 하여 강의실로 만들 지경이었다.

모두들 재수 종합반에 매달려 있을 때 특목고를 비롯한 운영의 다양화를 꾀한 블루오션의 당연한 결과라고 생각한다.

지금이야 특목고를 준비할 수 있는 학원이 많아서 군웅활거의 시대지만 당시는 특목고 진학 학생을 가르치는 곳은 거의 대학학원밖에 없었다고 말할 수 있다. 모든 길은 로마로 통한다는 말이 있지만, 대학학원은 특목고로 가는 지름길이라고 인식할 정도였다.

ㅅ과학고, ㅎ과학고에 수많은 대학학원 출신 학생들이 있었다. 특히 ㅎ과학고 신입생 중 1/3이 대학학원 출신일 정도로 많은 학생들을 과학고에 합격시킨 적도 있었다. 또한 ㅁ외고 또한 대학학원 출신들이 매우 많았다.

당시 특목고 운영에 많은 도움을 주셨던 분이 또한 김정열 은사님이시다. 은사님께서 학생들을 지도해 주셨는데 당시의 학생들이 지금 미국에서 유학 중이다.

유학 중인 학생들 그리고 사회 곳곳에서 역할을 다하고

있는 당시 학생들을 생각하면 밥을 먹지 않아도 뿌듯한 마음에 배가 부를 지경이다.

그 중에서 서울대를 졸업하고 미국 유학 중인 정선○ 학생이 가장 기억에 남는다. 중학교 3년, 고등학교 3년간을 우리 학원에서 공부한 학생이다. 한성과학고 재학 중에도 주말이면 기숙사에서 나와 학원에서 공부하고 나서 집으로 가고, 또 일요일이면 어김없이 학원에 와서 공부를 하고 기숙사에 갔던 학생이라 기억에 남는다. 특히 학생의 모친께서 열렬히 대학학원을 성원하셨기에 더욱 정이 가는 학생이다.

또한 언론에까지 소개되었던 허동○ 학생은 민족사관학교를 졸업하고 MIT로 유학을 가서 지금은 하버드 대학에서 공부하고 있다.

큰 아쉬움이 남는 학생도 있다. ㅅ과학고에 입학한 최동○ 학생이다. 서울대에 무난히 입학을 하고 유학을 가고 싶어 했으나 어려운 가정 살림에 유학을 포기하였기에 더욱 안타깝다. 내가 장학생으로 미처 챙기지 못했기에 더욱 안타깝다. 교육자로서 미안한 마음이 든다.

대학학원의 실질적인 변화와 내부 역량을 강화하기 위해 나는 강사를 비롯한 교직원의 의식을 선진화해야 하겠다고 생각했다. 그래서 전 교직원 일본 학원계 연수라는 큰 계획을 세웠다. 우리의 입시 제도가 일본과 많이 닮아 있기 때문에 일본 학원계가 제도나 운영에서 좀 더 앞서갔을 것이라는 판단 하에 결정을 내린 것이다.

일본의 내로라하는 요요기 학원, 쑨다이 학원, 와세다 학원 등을 돌아본 것이 그들의 겉모습에 불과했었을 수도 있다. 그러나 당시 우리나라의 학원과 일본의 학원을 비교해 보고 우리를 점검하려는 의도에 부합되는 연수였다.

우리가 방문했던 학원 중 단과학원이 기억에 남는다. 단과학원의 모습은 우리와 별반 다를 것이 없었다. 넘쳐나는 학생들로 인산인해를 이루었지만 이 학생들을 정돈시키는 직원들의 모습이 인상적이었다. 정장을 한 직원들이 정성을 다해 학생들에게 신경 쓰는 모습은 나를 감동시키기에 충분했다. 아! 이래서 선진국이구나 하는 감탄이 절로 나왔다.

가장 인상적인 점은 일본은 당시 학원이 프랜차이즈화가 되어 있었다는 점이다. 그리고 전자 산업이 발달한 선진국답게 위성방송이 활성화되어 일본 열도 곳곳에 대형 스크린을 통한 방송 수업이 진행 중인 것을 보았다.

교직원 모두 눈을 둥그렇게 뜨고 감탄해 마지 않았다. 대형 강의실에 설치되어 있는, 큰 칠판을 방불케 하는 가로 3에서

4미터 정도, 세로 1미터 정도의 대형 화면은 압권이었다.

나는 보았다, 우리가 가야 할 길을. 앞으로 우리 학원계가 가야 할 길이 이것이구나 하고 많은 정보를 수집하였다. 그 후에도 후속 조치를 위해 일본 학원 박람회에 교직원을 파견하는 등 방법 찾기에 골몰하였다.

일본 학원계 방문 후에 강사를 비롯한 교직원의 의식이 많이 달라졌다.

학원은 서비스를 비롯한 학원 지원 업무를 체계화하려고 노력하고 강사들은 더 열심히 수업하기 위해 교재 연구를 비롯한 학생 상담 및 관리 등에 최선을 다하는 모습이 보였다.

교육을 통해 성장한 나였기에 교육이 중요하다는 것을 다시 깨달았다. 학원을 비롯한 모든 분야의 기업 운영에서도 인재를 육성하는 교육이 중요하다는 것을 다시금 깨달았다.

"기업이 곧 사람이다. 사람의 교육 훈련에 따라 사람의 질이 달라지고 기업의 운명이 달라지는 법이다."

이렇게 앞서 가는 학원 경영 전략에 의해 학원은 나날이 발전했다. 그러나 우리나라는 뜻하지 않게도 국가적 대위기인 IMF 외환 위기를 97년 말에 겪는다. 그 와중에 내가 평생의 은인으로 생각하는 분이 사업상 큰 위기를 겪게 되었고,

그분을 돕고자 대학학원이라는 학원 운영에서 벗어나 불가 피하게 새로운 사업으로 방향 전환을 할 수밖에 없었다.

　지금 생각해 보면 이것이 또한 내 운명이려니 하고 생각 한다. 그분의 사업을 물려받아 정리하고 보강하고 새롭게 펼쳐가면서 대학학원의 경영은 주변 사람들에게 맡기게 되 었다.

▲ 양천교육 발전에 이바지해온 대학학원 모습

08 | 양천 교육 특구의 힘 대학학원

양천구의 역사는 한국의 경제 성장에 따른 도시화와 관계
가 있다. 양천 지역은 최초에 영등포구에 속해 있었다, 영등
포구에서 강서구가 분구되고, 다시 강서구에서 분구된 곳이
이곳 양천구이다.

지금 양천의 대명사는 목동이다. 앞에서도 말한 것처럼
목동은 '말은 제주도로 보내고 중학생은 목동으로 보내라!',
'특목고 입시 특구'라는 말이 붙은 곳으로 서울에서 '교육열
이 높은 한 동네 중 한 곳'이라고 정평이 나 있다.

그런가 하면, '목동을 보면 목이 메인다!', '목동에 가려면
목돈이 필요하다!', '목동이 미쳤다!', '서부 지역구였던 목동

이 전국구로 올라섰다!'는 말까지 사람들의 화제에 오르내렸다. 소위 '여의도 왼쪽 외로운 섬 동네'로만 여겨졌던 목동이 이제 강남에 이은 대한민국 제2특구로서의 위상을 확고히 하고 있는 것이다.

목동이 이처럼 급작스럽게 대한민국 대표 동네로 떠오른 이유를 물으면 전문가들도 '특별한 이유를 모르겠다!'고 입을 모은다. 그러나 여의도에 직장을 갖고 있는 금융인과 방송인, 서부 지역이 근거지인 법조인, 의사, 교수들의 집단 주거지로 유명한 '목동'은 그럴 만한 이유가 있다고 생각한다.

서울의 개포동, 고덕동, 목동, 상계동, 중계동 아파트단지는 5백만 가구 건설이란 명분 아래 1980년 획기적인 내용을 담은 '택지개발촉진법(이하 택촉법)'에 따라 개발된 곳이다. 택촉법에 근거한 주택 건설 물량의 대부분을 맡은 주택공사와 토지개발공사가 맡았지만, 목동은 서울시가 개발을 주도했다.

서울시는 '단시일에 대규모 아파트단지 조성'이라는 목표 아래 목동 개발을 서둘렀다. 많은 무허가 건물 철거 등 큰 어려움이 예상됨에도 서울시가 목동 개발을 서두른 데는 안 양천변 수해를 예방하고, 86아시안게임·88올림픽을 대비하기 위해서였다. 그에 따라 83년 4월 11일 목동신시가지 개발계획이 발표됐다.

목동지구 개발 사업은 'New Town In Town' 개념의 대규모 주택단지 건설을 목표로 했고, 녹지공간, 도로의 흐름, 각종 부대시설의 배치 등이 종전 개발 방식과 확연히 달랐다.

모두 1백 30만 평의 부지에 3백 92개동 2만 6천여 가구의 아파트가 들어선 목동신시가지는 당시 국내 최대 규모 아파트단지였다. 또 국내 첫 열병합 발전소, 대공원 2곳, 근린공원 5곳, 아동공원 19곳, 어린이놀이터 1백 13곳이 조성되고, 국제우체국, 기독교방송국, 방송협회 등의 건물이 옮겨오고 이대부속병원이 신축되었다.

이런 목동이 최근 들어 전국적인 관심을 받게 된 이유는 쾌적한 주거환경, 우수한 학군, 넓은 대지 지분과 서울 서남부 배후단지를 독점하고 있는 고급 주거단지로서의 매력 등이 동시다발적으로 꼽힌다.

목동은 처음부터 도시개발 계획에 근거해 개발된 만큼 쾌적한 주거 환경을 자랑한다. 서울에서 주거지 개발이 가장 잘 된 곳으로 꼽히는 곳이 바로 목동이다. 낮은 용적률과

넓은 녹지 공간이라는 기본적인 인프라에 백화점, 할인점 등 생활 편의 시설이 더해졌고 서남부 지역 최고 명문학교들이 생겨나면서 자연스레 주거 선호지역으로 발돋움했다. 특히 명문 학군은 목동의 성가를 올린 가장 큰 원동력으로 꼽힌다.

'맹모삼천지교'라는 교육열이 맹위를 떨치고 있는 우리 사회에서 목동이 각광을 받는 것은 당연히 교육 환경 때문이다. 2006년 7개 외고 입학생 출신 학교 분석 결과 목일중, 신목중, 월촌중, 신서중, 목동중이 1위부터 5위를 차지한 것으로 나타났다.

이들 5개 중학교에 의해 목동 지역의 중학교는 이제 전국적인 선망의 대상이 되어버렸다.

교육으로 전국적인 선망의 대상이 된 목동의 현실에 대해 나는 무한한 기쁨을 느낀다. 왜냐하면 호랑이는 죽어서 가죽을 남기고 사람은 죽어서 이름을 남긴다고 했는데 오늘날 목동 지역의 중학교가 특목고 진학률로 성가를 이루게 된 것의 출발이 대학학원에서 시작했다는 점 때문이다.

교육 불모지였던 목동에 아파트가 들어서고 난 뒤, 공교육을 보충할 수 있는 그 어떤 교육 시설이 전무한 시점에, 이 곳에 학원을 이전하고 특목고 열풍을 일으킨 장본인이 대학학원이라는 점에 자긍심을 느낀다. 그리고 양천과 강서 지역의 고등학교가 서울대를 비롯한 일류대의 합격생 수를 획기적으로 늘리는 데 기여한 곳이 대학학원이라는 것에 자긍심을 넘어 삶의 존재 의의를 실현한 듯한 성취감을 느낀다.

앞으로도 대학학원이 교육 양천을 선도하는 데에 좋은 길잡이가 될 것이고, 영재교육뿐만이 아니라 저소득층 자녀에게도 장학 혜택을 충분히 줄 수 있는 바람직한 교육기관이 되도록 육성해 나갈 것이다.

09 | DH교육 그룹의 새 출발

나는 서한샘 박사님을 은인으로 여겼고 또 친형님처럼 왕래하면서 절친하게 지냈다.

서한샘 박사님은 1989년 과외가 부분적으로 허용될 때, 사교육비를 줄이기 위해 시작된 EBS TV 과외방송의 중심 강사로 출연하여 선풍적 인기를 끌었다. 그의 별명은 단숨에 '밑줄 쫙'이 되었고, '진달래 꽁야, 돼지꼬리 땅야' 하는 유행어를 낳았으며 KBS, MBC의 개그 소재가 되기도 하였다.

1991년 8월에 법이 바뀌어 각 시도 교육청의 교육위원이 민선으로 뽑히게 되었다. 어느 날 서한샘 박사님이 급히 나를 찾았다.

"김 원장, 나 교육위원으로 출마하면 어떨까요? 도와줄 수 있겠어요?"

나는 대찬성했다. 그래서 서한샘 박사님은 마포에서 서울특별시 교육위원으로 출마했다. 그 당시에는 구의원, 시의원들이 교육위원을 선출했던 시절이라 그 분들의 표를 받기 위한 선거운동이 치열했었다. 나는 성심껏 선거운동을 도와드렸다. 서한샘 박사님은 무난히 서울시 교육위원으로 당선되었다. 그것은 학원인들의 자랑이기도 하였다. 1995년에는 재선에도 성공하여 학원인들의 큰 힘이 되어 주었다.

"김 원장, 이 고민을 어떻게 하지? 청와대에서 나보고 국회의원 출마를 하라는데 어쩌면 좋을지 판단 좀 해 줘요."

1995년 말, 케이블 TV회사를 경영한다고 분주하던 서한샘 박사님이 국회의원 출마 문제 때문에 고민할 때는 나는 쉽게 조언해 드릴 수가 없었다. 교육계에서의 성공이 정치계에서도 통할 수 있을지는 의문이었다. 그러나 서 박사님이 가진 뜻이 교육정책에 반영되었으면 하는 바람은 가지고 있었다.

서 박사님은 인천 연수구에서 출마했고 "밑줄 쫙"의 바람을 타고 당선되었다. 국회에 들어가 교육위원회 여당 간사가 되어 여러 가지 일을 해냈다. 학원가에서는 든든한 빽이 생긴 양 자랑스러워했다.

서한샘 박사님이 정치 활동을 하면서는 자주 만날 기회가 없었다. IMF를 거치고 정권이 바뀌고 하면서 서한샘 박사님이 여러 어려움을 겪는다는 소식만 듣고 있었다.

그런데 2006년 겨울에 갑자기 연락이 왔다. 꼭 만나야 한다는 것이었다. 직감적으로 급한 일이 생겼구나 생각되었다.

"꼭 해결해야 될 일이 있어 찾아왔어요. 도와주었으면 좋겠는데….'

그분의 말씀은 간결하면서도 간절했다.

"알았습니다. 도와 드리겠습니다. 저는 지금도 박사님을 제 은인으로 알고 있습니다."

나는 흔쾌히 서 박사님의 청을 들어 드렸다. 그리고 그것은 나의 당연한 도리였다.

1년쯤 지나고 나서 서 박사님이 나를 다시 찾았다. 경영을 하고 있던 한샘이 여러 어려움에 처해서 더는 경영할 수 없으니 인수해 달라는 말씀이었다. 평생 한샘을 일구어 온 분께서 그런 말씀을 하실 때 그 마음이 어떠했을까.

나는 일주일 시간적 여유를 달라고 했다. 나는 여러 생각에 젖었다. 서 박사님과의 첫 만남, 대학학원의 출발, 그 이후 숨가쁘게 달려온 나의 삶의 자취, 그리고 앞으로 내가 이룩해 나가야 할 일들, 그리고 얼마나 다급했으면 나에게 그런 청을 할까 하는 생각에 마음이 무거웠다.

일주일 뒤, 서 박사님을 앞에 하고 나는 입을 열었다.

"좋습니다. 제가 박사님을 제 학원의 회장으로 모시겠습니다. 제가 인생을 살아오면서 은인으로 섬기는 분이 세 분이 있습니다. 한 분이 은광여고 교장으로 계시는 제 담임 선생님 김정열 선생님이고, 또 한 분은 당신의 땅을 내놓아 이 빌딩을 짓게 하고 세진 기업을 제게 물려주어 코스피 상장 기업으로 만들게 한 이석호 회장님입니다. 세 번째 은인이 서한샘 박사님입니다. 서 박사님이 그 때 그 학원증을 양보하시지 않았다면 오늘의 대학학원은 쉽게 설립되지 못했을 것입니다.

제가 한샘에 투자를 하겠습니다. 그 대신 인수한다는 개념보다는 대학학원과 한샘학원을 합쳐서 본격적인 토탈 교육기업으로 육성해 나가도록 하겠습니다. 우리 학원, 우리 교육기업을, 대학의 D와 한샘의 H를 따서 DH교육그룹으로 육성해 나가도록 하겠습니다. 이 DH교육그룹의 회장을 맡으셔서 대한민국에서 으뜸가는 토탈교육기업으로 우뚝 세워주시기 바랍니다."

서 박사님과 굳게 악수를 나누면서 내 마음속에는 뿌듯함이 차올라 왔다.

그래, 추억의 실타래는 사라지는 것이 아니다. 잊혀진 듯이 여겨지는 그 추억은 오늘에 다시 살아서 항상 진행형이 되는 것이다. 나는 내 삶의 과거를 오늘날 삶으로 모두 되살렸다. 어린 나를 키워준 담임 선생님이 이제 내가 세운 학교의 교장 선생님이 되셨고, 25년 전 내게 큰 도움을 주었던 서한샘 박사가 내 곁에서 내 울타리가 되어 주고 있다. 얼마나 가슴 뿌듯한 삶의 승리인가.

DH, 그것은 대학학원과 한샘학원의 결합이기도 하고 'Dream & Hope 꿈과 희망'의 이니셜이기도 하다.

그동안 나는 교육과 건설 기업 (주)이스타코를 경영해 왔다. 그런데 목동 중심지에 최고급 고층 주상복합아파트 '트라펠리스' 등을 건축해 오면서 교육 부분의 경영은 직원에게 맡기고 등한히 해 온 것이 사실이다.

그러나 대학학원이 어떤 학원인가? 목동에 자리 잡은 1980년대 말부터 1990년대, 2000년대 초를 휩쓸면서 양천구가 교육특구로 자리 잡는 데 기여해 온 학원이 아닌가.

특목고 바람의 진원지가 우리 학원 아니었던가? 특목고 중등부 반만 100개 반이 넘었었고 그 실적은 얼마나 대단했던가?

얼마 전에 김정열 교장 선생님이 전화를 주셨다.

"김 이사장, 예전에 대학학원에서 서울과학고등학교에 톱으로 합격했던 이한○ 군 알지? 이번에 MIT공대에 전액 장학생으로 합격했대. 인사를 꼭 해야 되겠다고 하는데 시간 좀 내요."

얼마나 신나는 일인가? 이제 그 전통을 다시 한번 크게 일으킬 때가 왔다. 은광여고도 전국에서 서울대학교 가장 많이 들어간 여학교로 칭찬이 자자하지 않은가?

공교육의 힘과 사교육의 노하우, 그리고 한샘출판사의 콘텐츠, 대학학원 강사진의 경험과 패기를 합친다면 못할 일이 없다.

(주)이스타코는 코스닥 기업이 아니라 코스피 상장기업이다. 아마도 대학입시학원을 거느린 유일한 코스피 상장기업일 것이다.

이제 교육기업으로서의 면모를 일신하여 도약해 나갈 것이다.

10 | 네 꿈을 펼쳐라

나는 '꿈과 희망'이란 말을 좋아한다.

희망이란 무엇인가?

현대의 사상가 에리히 프롬은 인간을 '호모 에스페란스(Homo Esperans)'라고 칭한다. '희망인'이라는 뜻이다. 인간은 희망을 지니기에 소중한 존재이며, 희망은 인간을 규정짓는 가장 중요한 요소가 된다.

희망이란 무엇인가?

희망이란 미래를 향한 강한 의지와 용기의 씨앗이며 깨어 있는 자의 꿈인 것이다. 나의 지나온 삶을 뒤돌아보면 의식을 했건 안 했건 간에 내 마음속에 '희망'이란 두 글자를 화로에 담긴 불씨처럼 소중하게 간직해 왔음이 분명하다.

그랬기 때문에, 어머니를 잃고 머리 둘 곳이 없었던 어린 나이에도 나는 미래의 실낱 같은 불빛을 좇아 쓰러지지 않고 나아갈 수 있었다.

삭막한 파주에서 쓰레기 더미를 헤치고 고철을 캘 때에도 이 삶의 너머에 또 다른 삶이 있을 것이라고 믿었고, 사회생활의 각박함과 험난함을 헤쳐 나오면서 '미래의 나'를 가늠하며 그 위기들을 극복할 수 있었다.

그 희망을 누가 나에게 심어 주었을까?

전쟁통에 나를 낳으시고 엄동설한 같은 삶 속에서도 나를 꼬옥 안고 녹여 주시던, 그래서 돌아가실 때 막내가 못내 눈에 밟혀 제대로 눈도 감지 못하셨을 우리 어머니가 그 '희망'이라는 것을 내 가슴에 심어 준 것 아닐까?

아무리 어려워도 눈물을 보이면 안 된다고, 단칸방 살림일지라도 함께 살아야 한다고, 강인한 사나이의 기개를 내게 심어 주던 큰형님의 두터운 가슴이 '희망'을 심어준 것 아닐까?

나이배기 중1 짜리에게 큰 인물이 되어야 한다고 JRC단장을 시키고 학생회장 훈련을 시켜주신 담임 선생님이 그 '희망'의 불씨를 내 가슴에 심어준 것 아닐까?

그럴 것이다. '희망'이란 그 단어는 결국 '교육'이 내게 심어 준 것이다. 어머님의 교육, 큰형님의 교육, 담임 선생님의 교육, 그리고 나에게 가르침을 주신 많은 분들의 한결같은 메시지는 '희망' 그것이었다.

나는 학원교육에 종사해 왔다. 많은 재수생과 직장인을 길러왔다. 이제 학교교육에도 관계하고 있다. 학교를 갓 졸업하는 여고생의 웃음은 싱그럽다.

그들에게 내가 가르치는 것은 무엇인가?

국어, 영어, 수학인가? 그럴 것이다. 교육은 지식의 전수가 중요하니까. 그러나 그 바탕에 흐르는 강물, 그것은 '희망'이라는 이름의 강물이다.

자라나는 아이들에게 어려움이 왜 없겠는가? 크고 작은 어려움에 직면한 그들에게 우리가 가르치는 것은 '희망'이어야 한다.

세상은 아무리 힘들어도 살 만한 가치가 있는 것이고, 먹구름 뒤에는 언제나 밝은 햇살이 있는 것이다. 그것을 깨우친 아이들에게 오늘은 더 이상 어두움이 아닌 것이다.

나는 내가 가르치는 아이들에게 '네 꿈을 펼쳐라'고 외친다. '네 꿈을 펼쳐라!'

그런데, '꿈'이란 무엇인가? 단순한 자음 모음이 결합된 글자인가? 아닐 것이다. 꿈이란 내가 믿는 미래일 것이다. 너의 꿈은 무엇인가? 무엇이 되는 것인가? 의사? 법관? 교수? 장군? 대통령? 그러나 그것이 본질적 꿈은 아닐 것이다. 그것은 네가 희망하는 직업일 것이다.

그러므로 우리에겐 '꿈 너머 꿈'이 필요하다. 네 꿈이 의사라면, 의사가 되어서 무엇을 할 것인가? 가난하고 병든 자에게 참된 의술을 베풀고 싶다. — 그래, 그것이 바로 너의 꿈이 되는 것이다. 법관이 되어서 사회의 올바른 정의를 세우고 싶다. — 그래, 그것이 바로 '꿈 너머 꿈'이 되는 것이다.

이제 나는 학원 교육과 학교 교육을 아우르는 넓은 강으로 나가고 싶다. 교육 컨텐츠를 개발하고 자기 주도 학습의 On-Line 교육을 구축하고 한민족의 미래에 기여할 보람 있는 교육적 사업을 펼쳐 보고 싶다. 그리고 그 교육의 텃밭은 '꿈과 희망 Dream & Hope'이 될 것이다.

05 | IMF를 이겨낸 경영 CEO

01 | 사업의 튼튼한 뿌리

대학학원은 양천 학원교육의 중심축으로서 단숨에 자리 잡아갔다. 시설도 일류였고, 강사도 일류였고, 프로그램도 학생들에게 잘 맞았으니 왜 학원이 잘 되지 않겠는가. 학생들로 넘쳐났고 재정도 튼튼해져 갔다. 그렇게 우리는 목동 대학학원의 신화, 특목고 입시의 신화를 새롭게 써 가고 있었다.

학원이 짧은 순간에 자리를 잡고 사업이 호황을 누려갈 무렵, 내 인생을 바꾸는 뜻밖의 제안을 받게 된다. 승승장구하는 대학학원을 지켜보던 이석호 회장님이 용퇴를 선언한 것이다. 그동안 몇 차례의 동업으로 기쁨과 슬픔을 모두 맞본 내게 회장님의 선언은 충격적인 일이었다.

"김 원장, 사업하는 사람에겐 동업자로서 함께 성공을 이뤄가는 것만큼 뿌듯한 일도 없는 법이지. 그동안 여러 어려움이 있었음에도 묵묵히 학원을 지금의 자리에 올려놓은 모습에 감동받았네. 그래서 말인데, 이젠 그 성공을 혼자서 이뤄 보도록 하게. 초등학교 1학년 아이들의 달리기는 언제나 안개 속이야. 키가 크다고 1등을 하는 것도 아니고, 키가 작다고 꼴지를 하는 것도 아니거든. 나중에 1등을 한 아이를 보면 젊은 부모를 둔 경우가 많더군. 김 원장이 마음껏 날개를 펼쳐 보게."

뜻밖의 제안에 몇 차례나 고사했지만, 회장님은 단호했다.

"이 나이가 되고 보면 하나에 집중하는 것이 더 필요하다는 사실이 절실해진다네. 나는 세진에 주력해서 더 튼튼하게 키워야 하니, 자네는 이 일에 주력하게."

대학학원의 성공엔 회장님의 역할이 컸다. 어려운 가운데도 인내하고 믿어주신 회장님이 없었다면 오늘의 대학학원은 존재하지 않았을 것이다. 언제나 인내하고 믿어주시던 회장님이 과감하게 후진에게 자리를 양보해주시겠다는 그 순간, 나는 참 복이 많은 사람이라는 생각이 들었다. 그저 자신의 이익만을 좇는 세상의 시선으로 보면 회장님은 호인이

셨다. 당신의 지분은 순차적으로 정리해주면 된다는 말로 동
업 관계는 정리되었다.

　나는 그분께 감사하다는 말씀도 제대로 드리지 못했다. 이
제 드디어 대학학원을 내 단독으로 경영하게 되었다. 내 사
업의 뿌리는 튼튼히 내려졌고 거기에 비상의 날개까지 단
셈이었다.

▲ 학생들 속에서 행복한 웃음을 짓는 필자

02 | (주)세진의 CEO가 되다

이석호 회장님이 경영하시던 (주)세진은 소방기기를 제조하는 전문회사로서 국내 최대 규모였다. 코스피에 상장된 튼튼한 회사였으며, 백만 불 수출의 탑과 대통령 표창 등을 수상한 건실한 기업이었다. 소화기와 소화전, 밸브, 스프링클러 등 세진에서 생산하는 소방 설비, 건축 설비 제품들은 국내는 물론 국외에서도 인기가 높았다.

1992년 시화공단에 8,000평 규모의 공장을 준공하며 승승장구하던 회사는 이석호 회장님의 노력으로 탄탄하게 유지되고 있었다. 그러다가 덜컥 문제가 생겼다.

1997년 말, 우리나라에 외환위기가 닥친 것이다. IMF의

무시무시한 재앙은 세진도 그냥 지나치지 않았다. 부실한 기업은 물론이고, 착실하게 자리를 잡아가던 건실한 중소기업들도 추풍낙엽처럼 쓰러졌다. 평생을 바쳐 노력한 이석호 회장님의 세진도 IMF의 파도를 넘지 못했다.

소방산업이 불모지와도 같았던 한국에 신제품을 쏟아내면서 각광받던 회사였다. 건설 붐을 타고 아파트와 공공건물, 백화점, 대형플랜트 등에 제품을 납품하면서 활황세를 타던 중에 IMF를 맞은 것이다. 건실했던 세진은 흔들림 없이 버텨나갔으나 제품을 납품받은 건설사가 문제였다. IMF의 큰 타격을 받은 건설사들이 줄도산하며 도미노처럼 무너지자 세진으로 충격이 몰려왔다. 건설사들에 주력하고 있던 세진의 입장에선 감당하기 힘든 역풍이었다. 세진이 위기에 몰렸다는 소식을 전해 들었다.

내겐 은인과도 같은 분이 어려움에 처했다는 소식을 듣자 마음이 좋질 않았다. 내 어려움을 외면하지 않으신 분에게 내가 해 드릴 수 있는 것이 무엇일까를 생각했다. 그리고 세진의 경영권을 방어해 드리는 것이 최선이라는 결론을 내렸다.

그때부터 시장에서 세진의 주식들을 사 모으기 시작했다. 화의 중인 세진의 주식을 10%만 가지고 계신 회장님을 위해 50% 이상의 주식을 가질 수 있도록 도와 드릴 계획을 세운 것이다. 주변에선 왜 부도날 회사에 투자하느냐며 말이 많았지만, 나는 개의치 않았다. 내가 할 수 있는 최선의 방법이었고, 그것이 그때는 내 도리였다.

사실 그때 나는 남을 돕고 말고의 처지가 아니었다. 자리 잡은 대학학원을 바탕으로 14개의 대학학원 분점을 신축하기 위해 부지를 물색 중이었고, IMF 높은 파도는 우리에게도 어려움으로 다가왔기 때문이다.

그러던 어느 날, 이번에도 회장님의 입에서 뜻밖의 제안이 들어왔다. 더 이상 회사를 살릴 힘이 없으니 옛 동업자의 뜻을 살려 내가 세진을 맡아주었으면 좋겠다는 청을 해 오신 것이다. 너무나 갑작스러운 제안이라 나는 선뜻 답을 할 수 없었다. 다시 또 장고에 들어가야 했다. 문제가 생길 때마다 해결할 방법을 제시해 주던 깊은 고민의 시간이 이번에는 길고 길었다.

학원 경영이라면 자신 있었다. 남들이 불가능한 일이라 말려도 나는 뚝심과 진정성으로 밀고 나갈 자신이 있었다. 하지만 사업은 다른 분야였다. 부도난 기업을 살리는 일은 더욱 큰일이었다. 내 능력 밖의 일이었다. 회장님이 은인이긴 하지만, 내가 할 수 있는 일이 아니었다.

고민은 점점 더 깊어졌다.

결국 좀 더 알아보자는 결론을 내리고 학원 안에 세진의 모든 것을 분석하는 팀을 구성했다. 현 상태를 점검하고 우리에게 미칠 영향을 가늠하기 위한 조치였다. 그때부터 빠르게 움직였다. 재무제표를 꼼꼼히 따져보고, 재기에 성공할 수 있는 가능성을 확인해 보기 시작했다.

지금의 우리 상황에서 인수를 했을 때, 무리는 없는지 분석해 나가기 시작했다. 다행히 세진은 역량이 있는 회사였다. 세진이 개발한 소방기기들은 우수한 성능으로 정평이 나 있었으며 시장에서 인기도 좋았다. 기술력도 우수하고 축적된 기술이 많아 자금 문제만 해결된다면 빠른 시간에 제자리를 찾아갈 수 있다는 결론이 나왔다. 게다가 세진의 부도는 건설사의 연쇄부도 때문이었다. 결제 대금을 제때 받지 못하면서 부도의 덫에 걸린 것이다. 나는 결국 세진을 인수하기로 결정했다.

1993년 3월, 주주총회가 열리고 나는 아무 조건 없이 (주)세진의 새로운 CEO에 선출되었다.

03 | IMF의 극복

세진을 인수한 그 순간부터 어려움의 연속이었다. 당장 전년도(1998년) 적자 폭이 너무 컸다. 총 140억 원의 적자를 기록하고 있었다. 어디서부터 어떻게 손을 대야 할지 모를 지경이었다. 하지만 시작을 하면 끝을 보는 성격은 나의 도전 의식을 솟구치게 했다. 일으켜 세우자. 처음부터 다시 해보자는 의욕이 솟구쳤다. 내 안에 숨어있던 기업가 정신이 꿈틀대기 시작했다. 그리고 기업은 사람이 우선이라는 믿음이 내게 힘을 실어주고 있었다. 전 직원이 공감대를 형성하고 허리띠를 졸라맨다면 못할 일이 없다는 믿음이 있었다.

그날부터 내 삶의 대부분은 현장에 맞추어졌다. 매일같이 공장에 출근하여 업무를 파악했다. 기계 하나, 공구 하나의 이름을 일일이 외웠다. 실제 제품과 대조하며 눈에 익혔다. 그리고 만들어진 제품이 어떤 경로를 통해 팔려 나가는지, 그리고 그것의 쓰임은 어떻게 되는지 일일이 파악하기 시작했다. 직접 눈으로 확인하고 몸으로 겪어 나가자, 현장 상황을 앉아서도 꿰뚫을 수 있을 정도가 되었다.

현장 상황을 정확히 파악한 순간부터 뼈를 깎는 구조조정에 들어갔다. 수익이 나지 않는 부분은 과감하게 정리했다. 불요불급한 인건비와 영업비를 최대한 줄였다. 경쟁력이 없는 특정업무나 기능은 과감하게 아웃소싱했다. 그리고 기계를 제작하고 수리하는 공무과와 소화기과를 대상으로 소(小)사장제를 도입하여 철저한 책임경영을 시도했다. 그리고 수익이 나지 않는 수도나 가스 잠금장치의 부품인 볼밸브 등의 부품은 생산을 중단했다. 내실을 다지면서 손실은 최대한 줄이는 알짜경영으로 적자 폭을 줄여나갔다.

나는 재무 상태를 건전화하기 위해서 과감하게 사재 67억 원을 출자했다. 과도한 금융비용을 줄이고, 외부투자 유치에도 총력전을 펼쳤다. 회사가 조금씩 회생하고 있다는 소문이 나면서 KTB가 80억 원을 투자하기로 결정하고, 산은캐피탈이 24억 원을 투자하기로 하면서 회사는 정상 궤도에 올라

서기 시작했다. 그 과정에서 직원들도 힘을 보태 주었다. 상
여금을 반납하고, 철야근무를 자청하면서 내 노력에 화답해
온 것이다.

인수할 당시 140억 원의 적자를 기록했던 회사는 인수 첫
해인 1999년 13억 원으로 적자 폭을 줄였고, 2000년 드디어
3억 원의 흑자를 내는 기업으로 돌아섰다. 전 직원이 회사를
살리겠다는 뜻에 동참하면서 한마음 한뜻을 모은 기적 같은
결과였다.

도산한 기업이 줄을 잇던 IMF 시절이었다. 화의 결정을
받은 기업들조차 회생하기 어렵던 그 시절에 (주)세진은 화
의 중에 있던 기업 중, 두 번째로 화의가 종결되는 기쁨을
맛보았다. 부도 처리된 지 2년 6개월 만인 2000년 9월의 일
이었다.

우리는 거기서 멈추지 않았다. 흑자로 돌아선 그 순간부터
신바람이 난 회사는 신들린 듯 성장했다. 2001년 소방업계
최초로 화학자동차 25대를 미 8군에 납품하는 쾌거를 이루
더니, 매출규모 400억 원의 완전한 흑자 기업으로 전환되었
다. 기술 개발도 게을리 하지 않았다.

주거 밀집 지역이 화재에 취약한 점을 감안한 미니소방차 개발, 지구본 소화기, 노란색 소화기 개발 등 신제품 개발에 힘쓰며 세계시장으로 그 영역을 더욱 넓혀 가기 시작했다.

완전한 부활을 선언한 세진은 '대한민국의 불은 우리가 다 끈다.'라는 우스갯소리를 만들어 내면서 성공한 기업으로 신문지상에 이름이 오르내렸다.

04 │ 이스타코의 탄생

회사가 정상화되면서 또다시 고민이 시작되었다. 대학학원과 세진, 두 개가 따로 가다보니 어려움이 많았던 것이다. 고민하다가 둘을 통합하기로 결정했다. 현금 흐름이 좋은 대학학원과 세진의 통합은 효율적일 뿐 아니라 여러 면에서 도움이 된다는 판단이 섰기 때문이다. 그리고 이제는 개인의 기업이 아니라 공공의 기업이 되어야 할 필요성도 느끼고 있었다.

2000년 11월, 드디어 대학학원과 (주)세진은 통합을 결정했다. 그리고 이듬해 7월 통합된 회사의 이름은 (주)스타코로 결정되었다. 스타코(STARCO)라는 이름은 안전(SAFETY),

기술(TECHNOLOGY), 정리(ARRANGEMENT), 혁신(RENOVA-TION)의 첫 글자를 따서 만들어졌다, 이후 이 이름은 (주)이스타코(ESTARCO)로 바뀌는데, 이는 교육(EDUCATION)의 첫 영어 이니셜 E를 덧붙여 만들어진 이름이다.

학원을 경영하면서 아이들을 가르치는 일이 천직이라 여겼던 내가 뜻하지 않게 사업을 시작하고 보니 새로운 일에 관심이 가기 시작했다. 학원이라는 작은 우물에 있다가 큰 바다로 나온 느낌이었다. 세상 모든 일에 관심이 생겨나면서 소방 이외의 분야에도 도전하고 싶다는 욕구가 생겨나기 시작했다.

그때 눈에 들어온 것이 건설업이었다. 당시 소방 설비는 건설과 밀접한 관계에 있었다. 건설업체들이 새로운 건물을 짓게 되면 소방 설비의 납품은 필수였고, 우리는 설비와 시공을 담당하곤 했다. 그 과정들을 지켜 보다가 기왕이면 건설업에 뛰어들어 사업의 영역을 넓히고, 다각화할 필요가 있다는 결론을 내리게 되었다. 드디어 이스타코라는 이름 아래 건설업과 부동산 사업이 추가되었다.

건설업을 시작하기로 결정을 내리고 보니 학원 예정지로 사둔 부지들이 떠올랐다. 그 중 강서구 가양동에 사둔 땅 부

근으로 지하철 9호선이 들어설 계획이 세워지면서 그곳은
아파트 부지로 부각되고 있었다. 이 땅을 첫 사업 부지로 결
정하고 이수건설과 손을 잡았다. 건설업을 추가한 이스타코
의 이름으로 세상에 모습을 드러낸 첫 번째 건물 가양 이스
타빌 I 이 세상에 모습을 드러내는 순간이었다.

낯선 분야에 도전장을 던지고 시작한 첫 사업은 상상 이
상의 성과를 보여 주었다. 화곡동 4거리에 모델 하우스를 오
픈했을 때, 입구에 늘어선 화환의 행렬은 우리의 앞날을 예
견하고 있었다. 수많은 축하 전화와 환영의 메시지만큼이나
많은 사람들이 다녀갔다. 대성공이었다. 그 날의 축하 전화
와 축하 화환들은 그동안 부지런히 살았던 내 삶을 대변하
는 것 같아 고마웠다. 양천에 대학학원을 개원한 그날만큼이
나, 화곡동에 모델하우스를 오픈한 날도 많이 울었다.

가양이스타빌 I 의 성공은 자연스럽게 가양이스타빌 II 로
이어졌다. 낯선 분야에 도전했지만, 실패를 두려워하지 않는
도전 정신과 뚝심, 철저한 준비는 사업을 성공으로 이끌었
다. 두 차례의 성공은 자신감을 불러일으키면서 더 큰 도전
을 할 수 있는 용기를 주었다. 용기와 자신감은 또 다른 기
회를 제공했다.

당시 양천구에는 IMF의 흔적이 곳곳에 남아 있었다. 외환위기를 넘지 못한 기업들이 무너지면서 흉물스러운 잔재를 남겨두고 있었던 것이다. 그 대표적인 것이 나산그룹이 부도나면서 건설이 중단된 채 방치된 ○○타워와 목동아파트 9단지 앞에 방치되어 있던 ○○백화점이었다. 그 외에도 알려지지는 않았지만 시행사였던 우당종합개발과 시공사였던 공영토건이 부도나면서 목동아파트 10단지 앞에 방치되어 버린 건물도 있었다.

많은 사람들의 꿈과 희망을 담은 건물들이 IMF의 거센 파도 앞에 쓰러져갔다. 피땀 어린 돈으로 짓던 건물이었지만 공사가 중단되면서 한 푼도 건질 수 없는 신세가 되고 말았다. 그나마 사회적 파장이 컸던 건물들은 매스컴에 오르내리면서 구제받을 길이 열리기도 했다. 하지만 작은 건물들은 사정이 달랐다. 모두의 외면 속에 잊혀진 존재가 되고 손해가 엄청났다.

목동아파트 10단지 앞에 방치된 건물도 마찬가지였다. 세상의 외면 속에 꿈과 희망을 모두 투자한 서민들의 삶은 무너져 내렸다. 어느날 그들이 나를 찾아왔다.

05 │ 이스타빌의 성공

이스타빌의 성공은 소문이 나기 시작했다. 곳곳에서 도산하는 건설사들이 생겨나던 한창 어려웠던 시절이라 이스타빌의 성공은 더욱 부각되었다. 게다가 양천구에 대학학원까지 당당히 버티고 선 회사라는 소문은 이스타코에 대한 신뢰를 심어 주었다.

목동아파트 10단지 앞 공사가 중단된 건물의 입주자들의 눈엔 우리 회사가 더 크게 들어온 모양이다. 이미 부도난 회사에 더 이상 미련을 가질 수 없었던 입주자들은 대표단을 꾸려 접촉을 요청해왔다. 그렇잖아도 시행사였던 우당종합건설의 유봉길 회장님과는 호형호제하는 사이였기에 어떻게

든 도와드리고 싶다는 마음을 먹고 있던 참이었다. 특히 내가 사는 동네에 짓다만 건물이 흉물스럽게 서 있는 모습을 보는 일도 마음이 편치 않았다.

대표단은 짓다만 건물을 우리 쪽에서 인수하여 공사를 마무리해주길 바란다는 뜻을 전해왔다. 유봉길 회장님을 도와드린다는 마음으로 최대한 일을 마무리하는 쪽으로 결정하고 대표단을 만나다 보니 의견 조율에 큰 어려움이 없었다. 시행사측의 이봉주 상무께서 잘 조율해 주셨다. 서로의 의견차를 최대한 줄이면서 건물은 우리가 마무리하는 쪽으로 결론이 났다.

그들에겐 날아갈 뻔했던 꿈에 희망이 생기는 일이었다. 내게도 나름 의미가 있는 일이었다. 건물은 다시 공사가 시작되었고, 우리는 그 건물을 목동 이스타빌Ⅲ으로 명명하고 완공을 서둘러 분양하였다.

폐허가 될 수도 있었던 건물을 이스타코가 인수하여 다시 짓게 되었다는 소문은 삽시간에 퍼져 나갔다. 두 군데 이스타빌에서 성공을 거둔 노하우를 인정받아 이스타빌Ⅲ는 또 한번의 성공 신화를 썼다. 덕분에 분양권자들은 손해 보지 않는 선에서 분양 대금을 환수할 수 있었다.

그리고 이스타빌Ⅲ를 만들어가는 과정에서 나는 중요한

점을 배웠다. 그것은 이권이 걸린 문제에서 타인을 설득하고 조정하는 방법이었다. 성실한 자세로 대화에 나서면 그 진심은 인정받는다. 대화를 통한 설득과, 설득을 통한 상대방과의 조정 능력은 개인과 집단이 복잡하게 얽혀 있는 현대를 살아가는 데 필수적인 요소다. 이익을 추구하는 집단들이 서로 부딪치다 보면 대립과 갈등이 생겨날 수밖에 없고, 충돌이라는 극한 상황으로 치닫게 되기도 한다.

살아오면서 사람을 가장 큰 자산이라 여겼던 내게 이스타빌Ⅲ의 성공은 사업의 우선 순위도 사람이라는 것을 다시 한번 일깨워 주었다. 그리고 건설 분야에 내 재능을 새삼 발견하게 하였다. 그리고 그 재능의 꽃이 활짝 피어난 것이 트라팰리스 건축이다.

목동을 대표하는 초고층 건물로는 현대건설이 지은 41타워와 주상복합아파트인 하이페리온Ⅰ, 하이페리온Ⅱ를 든다. 특히 하이페리온 분양의 성공은 또 다른 고층 아파트의 신축을 부추겼고, 목동 405번지 일대의 조합원들이 가장 먼저 그 일에 뛰어들었다. 그러나 그분들의 사업 추진은 큰 난관에 봉착하게 되었다. 재건축에는 늘 잡음이 뒤따랐다. 게다가 초고층 주상복합아파트의 신축에는 이권과 파벌이 개입되면서 한 치 앞도 내다볼 수 없는 복마전이 되곤 한다.

조합원끼리 충돌하고, 파벌 싸움이 계속되면서 공사는 난항을 겪고 있었다. 조합을 만들어 놓고도 싸움은 계속되었다. 그 과정에서 공사가 지연되고, 공사 지연으로 공사비는 계속 늘어갔다. 과도한 공사비가 부담이 되어 손을 댔다가도 물러서는 건설사가 속출했다. 그런 일들을 겪으면서 십여 년을 보내는 사이 사람들은 너나 할 것 없이 지쳐가고 있었다.

그때 그들 눈에 들어온 것이 이스타빌Ⅲ의 성공이었다. 불가능을 가능케 만든 이스타코의 역량을 지켜본 조합원들은 재건축을 우리가 맡아주기를 원했다. 홀몸으로 서울에 올라와 지금의 자리에 오기까지 나에게는 오직 진정성과 뚝심이 유일한 무기였다. 게다가 이스타빌Ⅲ를 완성하는 과정에서 수많은 문제를 해결해 본 경험이 있지 아니한가.

드디어 우리 회사는 목동 405번지 일대의 재건축에 뛰어들었다. 말 많고 사연 많았던 조합원들을 설득하고 회의를 수십 차례나 하면서 의견 조율을 거듭하여 공통의 이익을 얻는 방법을 모색해 나갔다. 결국 의견 차이를 좁혀 합의는 도출되었다.

드디어 2009년 1월, 지하 5층 지상 49층 규모의 초고층주상복합아파트를 비롯해서 6동이 완공되었다. 트라펠리스의 위용이 세상에 모습을 드러낸 것이다. 목동 신도시 개발의 완성이라고 불릴 수 있는 트라펠리스의 건설은 목동의 스카이라인을 바꾸어 놓았다.

영등포에서 오목교로 넘어가는 순간, 트라팰리스의 웅장한
모습이 눈앞에 펼쳐진다. 조합원들의 이견을 조율하고 서로
의 뜻을 하나로 묶어 만들어낸 역작이 트라팰리스는 아닌가.

트라팰리스는 내 인생의 한 획을 긋는 건축물인 동시에,
인간의 서로 다른 뜻을 아울러서 공동의 이익을 창출해낸
화합의 결과물이기도 했다.

▲ 양천주거문화를 격상시킨 트라팰리스의 조감도

07 소방기기업체 스타코
부도 진화(鎭火) '화려한 재기'

차입금 축소·경영혁신 박차 – 3년여 만에 흑자 전환
올 경기도 中企 대상서 생산성 향상 등 2개 부문 수상

소방기기 전문 업체인 스타코(대표 김승제)가 부도의 아픔을 딛고 일어서는 데 성공했다.

스타코는 소방기기의 수요를 좌우하는 건설 경기가 지난 97년부터 침체에 빠지자 매출이 급감하고 대규모 적자를 기록하는 등 위기 상황을 맞았다. 더구나 외환 위기 사태가 터지면서 자금이 돌지 않아 98년 3월 부도를 냈다.

이 회사는 다른 대부분의 부도 기업과는 달리 낙담하지 않고 회생 작업을 차근차근 준비했다. 우선 노사 화합으로

회사가 살아날 때까지는 상여금을 유보키로 했다.

98년 10월부터 화의를 시작함과 동시에 이석호 대표가 감사로 물러나고 김승제 대학학원 이사장이 새롭게 지휘봉을 잡았다.

김 대표는 회사가 살아나기 위해선 무엇보다 과도한 금융비용을 줄여야 한다고 판단했다.

김 대표는 자신이 67억 원을 투입하는 한편 KTB네트워크(80억 원), 산은캐피탈(24억 원) 등 벤처캐피털로부터도 자금을 유치했다. 부도 당시 2백억 원이 넘던 차입금을 지난해 20억 원 미만으로 줄였다. 은행 예금을 감안하면 사실상 무차입 경영에 돌입한 것이다. 스타코는 이를 배경으로 지난해 9월 화의에서 벗어났다.

이 회사는 기술개발 및 경영혁신운동도 함께 진행했다. 센서가 부착된 가스레인지용 자동식 소화기를 내놓았다. 소방기기의 수요가 아파트를 중심으로 일어날 것이라고 보고 대형 건설회사와 파트너십 관계도 맺었다.

스타코는 98년 1백 40억 원 적자, 99년 13억 원 적자에서 지난해 3억 원 흑자로 돌아섰다. 올해는 7억 원 정도로 순이익을 기대하고 있다. 최근 3년 동안 2백 50억 원 안팎에 머물던 매출액도 올해는 4백억 원 정도로 증가해 부도 이전 수준까지 회복했다. 스타코는 신규 진출한 소방차와 오피스텔 건축사업에서 내년부터 본격적으로 매출이 발생하므로 내년 매출액은 7백억 원 이상이 될 것으로 보고 있다.

스타코는 이런 위기극복 노력을 높이 평가받아, 12일 경기도청이 주관하는 경기도 중소기업대상 6개 부문 중 생산성 향상 부문과 경영난 극복 부문 등 2개 부문에서 수상했다.

[한국경제신문 2001년 12월 13일]

06 | 제2의 고향 양천

01 | 양천문화원의 설립

양천 지역은 높은 산이 없어 볕이 잘 들고, 하천(河川)이 많은 고장이라 양천(陽川)이라는 땅이름이 고려 때부터 붙여졌다. 1963년 서울특별시 영등포구로 편입된 이후 다시 강서구로, 강서구에서 1988년 양천구로 분구되었다.

지금의 목동 신시가지 일대는 무성한 목초지대로 소와 말을 방목하던 곳이었다. 조선시대에 국가에서 파발마를 키웠던 목장이었기에 목동(牧洞)이라는 땅이름이 유래하였으나 지금은 쉬운 한자 표기로 목(木)자를 사용하고 있다.

주택가를 이루는 드넓은 신월동은 확 트인 시야에 멀리 떠오르는 달빛이 유난히도 밝게 보이는, 고운 달이 비치는

곳이다. 점점 커지고 밝아오는 초승달을 뜻하는 신월(新月)
은 번영과 희망을 심어주는 달이다. 그래서 신월동은 달빛이
머무는 아름다움과 꿈과 희망이 넘치는 '달맞이 마을'이라
할 수 있다.

그리고 해방 전 신정동 지역에는 5개의 단위 부락인 '신트
리, 은행정, 오금리, 단산, 충청촌'이 방대한 구역을 띄엄띄
엄 벌여 있었다 한다. 이 중 가장 오래된 마을인 '신트리'와
'은행정'의 이름을 따서 신정동(新亭洞)이라는 지명이 붙게
되었다.

고려 시대나 조선 때의 양천현 자체는 매우 작은 지역이
었다 한다. 조선 시대 양천현의 관아와 향교 등이 있던 곳
은 오늘날의 강서구 가양동 한강변 일대였다. 양천구 지역이
양천현에서도 변두리에 위치해 있었기 때문에 공공기관 지
정 사적지나 유형문화재 기념물은 별로 없다. 다만 옛 자취
를 엿볼 수 있는 비지정 유적과 기념물로는 정랑고개, 신기
토성, 고인돌, 박준의 묘, 우렁바위, 애울 토성, 응봉산 토성,
지양산 토성, 용왕산 토성, 돌다리, 열녀문, 정희계의 묘 등
이 있을 뿐이다. 이런 상황 속에서 양천구가 1988년 강서구
에서 분구되었으니 문화 불모지 상태에 놓일 수밖에 없었다.

그러나 21세기를 지식 정보화 시대, 여성화 시대, 문화 경쟁력 시대라고 이름을 붙이듯이 문화는 21세기의 중요한 산업자원이 되어가고 있다. 우리의 대중문화가 한류(韓流)라는 이름으로 동남아시아에서 맹위를 떨친 것을 보면 알 수 있다.

양천구는 1995년 양천구민의 손으로 초대 양천구청장을 뽑아 주민 자치의 시대가 열렸다. 주민 자치 시대가 열렸으니 양천구의 정체성을 확립하고 주민을 통합하기 위한 공동체 문화 조성이 시급한 과제로 떠오를 수밖에 없었다.

알다시피 양천구는 양천을 구성하는 3개 동, 목동, 신월동, 신정동으로 구성되어 있다. 그중에서 목동 신시가지 아파트는 서울시에서 조성한 도시 속의 신도시이기에 토착 주민보다는 전국 각처에서 이주한 주민들로 구성되었다. 그러니 양천구에 대한 역사와 문화에 대한 지식이 부족하고 애향심이 없었다. 그러나 주민들의 생활 수준이 향상됨에 따라 문화 예술을 향유하고자 하는 욕구는 점차 커졌다. 주민들이 원하는 문화 예술을 발굴하고 창조하고 향유할 수 있는 기회를 제공하는 것이 구정 책임자나 문화예술인에게 시급한 과제가 되었다.

이에 양천 지역의 뜻있는 인사들이 양천문화원을 만들어야 한다는 공감대가 형성되었다. 그러나 그 어떤 인사도 선뜻 나서지 않았다. 당시는 IMF 외환 위기 직전이어서 문화원 조성 사업 자체가 쉽지 않은 일이었기 때문이다. 천상, 양천구의 전통 문화를 계승하고 발전시키기 위해서는 누군가가 앞장을 서야 하는 상황이었다. 드디어 1996년 11월에 양천문화원 설립 발기인 대회가 열렸다. 양천에 대한 애향심과 양천 문화에 관심을 가진 40여 명의 인사가 참석하였다. 이 자리에서 나는 문화원 설립 추진위원장에 선임되었다.

그 후 1997년 1월 30일 회원 426명이 참석한 가운데 양천문화원 창립 총회가 열렸고, 내가 양천문화원 초대 원장으로 뽑혔다. 양현모 씨(마을금고 이사장), 장윤우 씨(성신여대 교수), 구재면 씨(양천구 문인협회장), 이경동 씨(중부운수 대표)가 초대 부원장으로 선임되었고 초대 이사 26인과 감사로 이광복 씨, 김경남 씨 2인이 선임되었다. 그리고 1997년 3월 26일 드디어 양천문화원이 개원되었다. 이후에 나는 초대, 2대 8년에 걸쳐 양천문화원장 일을 수행했다.

당시 나를 비롯하여 십시일반으로 양천문화원 설립을 위해 사재를 출연한 많은 인사들께 고맙다는 인사를 드려야 하겠다. 그분들이 계셨기에 오늘의 양천문화원이 존재할 수 있었으며, 전국에서 손꼽는 우수한 문화원 중의 하나로 자리를 잡을 수 있었다. 특히 초대 사무장이 발품을 많이 팔며 문화원 설립을 위해 지역 인사를 설득하고 규합하는 데에 앞장섰다. 사무장에게 고마움을 표한다.

나는 문화원장을 맡으면서 의욕적으로 사업들을 발굴하여 실천하였다. 처음 하는 일이니 모든 일이 다 생소하였다. 그러나 문화 선양의 일이라 참여하는 많은 분들이 보람 있어 했다.

양천문화원이 행하는 여러 행사를 요약해 기술해 본다.

양천의 문화 예술 행사로 '백제 군사 열병 및 진군 행렬'을 부활해 본 적이 있다.

삼국사기 백제 본기편 백제 구수왕 8년(서기 221년)에 '한강 서쪽(정확한 지역은 모르지만)에서 군사를 열병했다.'는 기록을 근거로 양천구 역사의 일부분을 복원하여 양천구민에게 정체성을 부여하고 볼거리를 제공하기 위하여 양천구청에서 1996년 5월에 시연한 행사다.

정월 대보름 민속 축제

우리 고유의 명절인 정월 대보름을 맞아 전통 세시풍속의 재현과 놀이 경연 및 민속예술 공연 등을 내용으로 하는 축제이다. 이를 연례 행사로 개최함으로써 전통놀이문화의 정착과 구민들에게 문화 향수의 기회를 제공하여 구민 화합에 크게 기여했다.

학생 영어 웅변 대회

이 대회는 글로벌 시대에 한 발 앞서 가려는 구내 학생들과 학부모의 요청으로 매년 초·중·고등학생을 대상으로 하여 영어 웅변 대회를 개최함으로써 영어회화의 생활화에 기여했다.

성인·학생 휘호 대회

이 대회는 전통문화 예술의 한 장르인 서예(서도) 문화의 재현을 통하여 동중정(動中靜)의 정신 수련과 조상의 얼을 익히기 위한 행사이다. 해마다 양천구 내의 성인과 초·중·고등학생을 대상으로 명제를 사군자, 한문, 한글 세 가지로 나누어 참가자들이 주어진 시간 내에 작품을 완성하여 제출하게 함으로써 당일 수상자에게 시상을 했다.

양천 미술 큰잔치

이 잔치는 어린이와 청소년들이 그림을 통하여 풍부한 감수성을 표현하고 다양한 미술 재료와 미술 기법을 통해 창작 활동에 참여하도록 유도한 대회이다.

주부·학생 백일장

이는 주부들의 문예 창작 욕구를 충족시키고 학생들이 문예 창작 활동을 통해 정서를 함양하도록 하는 행사이다. 해마다 양천 공원에서 초·중·고·주부별로 산문과 운문부로 나누어 소정 시간 내에 작품을 완성해 제출하도록 하여 행사후 시상을 했다. 우수 입상자는 '양천문학의 밤' 행사에 참여하여 발표할 수 있는 기회를 주었다.

양천문학의 밤

양천구내 문인과 문학 애호가, 주부·학생 백일장 입상자와 국내 저명 시인 그리고 구내 기관장, 단체장을 초청하여 문학 강연 및 시 낭송회를 갖는 행사이다. 이 행사는 격년제로 행사를 하여 구민들의 문예 창작에 대한 관심과 소양을 높이는 데 기여했다.

양천문화원 종합 작품전시회

양천문화원이 해마다 실시하는 '미술 큰잔치', '주부·학생 백일장', '성인·학생 휘호 대회'의 수상 작품을 도록으로 만들고 작품을 양천문화회관 제1, 2전시실에 전시함으로써 구민들의 문화 예술에 대한 관심을 높여주는 성대한 행사였다.

청소년 음악 콩쿠르 및 국악 경연 대회

양천구 내 초·중·고등학생 중 음악적 재능과 관심이 있는 학생들을 대상으로 피아노, 관악, 현악, 타악, 합주, 독창, 중창, 사물놀이, 창, 민요 등 종류별 공연의 기회를 제공했다. 이를 통해 양악과 국악의 저변 확대에 기여했다.

이웃 사랑 한마음 송년 음악회

한 해를 보내면서 이웃과 더불어 사랑을 나눌 수 있는 자리를 마련하기 위한 행사이다. 해마다 12월에 양천 문화회관 대극장에서 국내 저명 가수와 악단, 그리고 양천문화학교 가요 교실의 톱 싱어와 구내 노래 자랑 우수 입상자들을 초청하여 송년 음악회를 열고 사랑의 성금도 모아서 구내 소년소녀 가장을 돕기도 했다.

이런 행사와 함께 유료로 운영하는 '가족영화 상영' 행사도 마련했다. 구민들이 가족과 함께 영화를 즐기면서 가족 간의 공감대를 확대하고, 그리고 문화 마인드를 높일 수 있는 기회를 제공했다. 문화회관 대극장에서 파격적인 가격으로 연간 120일 범위에서 상영을 했다. 이와 함께 연간 5~6회에 걸쳐 야외에서 무료 영화를 상영하여 열렬한 호응을 얻었다.

특히 저소득 가정, 시설 보호자, 소년·소녀 가장 등이 영화 관람을 할 수 있도록 무료 초대권을 배부하고, 장애인이 무료로 영화 관람을 할 수 있도록 하여 소외 이웃에 대한 관심을 보여 줌으로써 구민 화합에 이바지하였다.

이와 함께 '문화 유적지 탐방 교실'이라는 우리 고장 알리기 행사를 마련했다. 이 행사를 통해 어린 시절부터 우리 고장의 역사 문화 유적 및 명소를 견학하고 답사하는 체험의 기회를 가짐으로써 조상들의 슬기를 배우고 애향심을 기르도록 하였다. 학교 교육 과정에서 향토 역사를 다루는 구내 초등학교 3학년 학생 7,000여 명을 대상으로 해마다 30일에 걸쳐 정랑고개-양천 향교-양천 옛 성터-소악루-허가 바위-구암공원-광주암-용왕정-열병합 발전소-파리공원 등 3시간 코스의 답사와 견학 체험 프로그램을 운영했다.

그리고 양천구민의 교양 증진을 위하여, 교육·문화·예술 분야의 전문가와 사회 저명 인사를 초청하여 '양천아카데미 교양 강좌'를 개최하였다.

이러한 노력에 힘입어 문화관광부는 양천문화원을 '준 문화학교'에서 '정 문화학교'로 2000년에 승격 지정했다. 양천문화원이 '정 문화학교'가 됨으로써 양천구가 명실공히 서남권 지역의 문화 중심지로 발돋움할 수 있는 기반을 구축하였다.

02 | 양천의 인물과 정겨운 전설

양천에는 양천 허(許)씨 집안이 유명하다.

내 어머니께서도 양천 허씨이시니 양천에 더더욱 애착이 간다.

양천 허씨 중에 훌륭한 분이 많이 있지만 허준(許浚) 선생의 기록은 우리의 귀감이다.

허준은 임진왜란 때의 어의(御醫)이다. 서자(庶子) 신분임에도 불구하고 의술이 놀랍고 충성심이 뛰어나 어의로 지정되었다.

남들이 실수할까 봐 치료를 기피하는 광해군의 병을 과단성 있게 진단 치료하여 완쾌시켰다. 훗날 죽음을 앞둔 선조를 치료할 때도 그랬다. 다른 의관들은 후환이 두려워 대충 처방을 내리지마는 허준은 죽음을 두려워하지 않고 더욱 센 약을 처방하여 죽어가는 임금을 살리려 했다. 임금이 의주로 피난 시에는 신하들이 보신에만 급급하여 다 도망갔지만 허준은 끝까지 곁을 떠나지 않았다.

허준의 공을 시기한 무리들의 상소로 하여 귀양갔을 때에도, 저술하고 있던 '동의보감'을 손에서 놓지 않았다. 그리하여 1596년에 시작된 '동의보감' 저술은 14년 동안 이어졌고 1960년 8월 6일 광해군은 '동의보감' 25권을 받아들고 감개무량해했다.

"허준은 … 심지어 유배되어 옮겨 다니고 유리(流離)하는 가운데서도 그 일을 쉬지 않고 하여 이제 비로소 책을 엮어 올렸다…. 내가 비감한 마음을 금치 못하겠다."

광해군 일기에는 그렇게 적혀 있다. 광해군은 이후 명령을 내렸다.

"… 이후로 양천 허씨에 한해서 영구히 적서의 차별을 국법으로 금한다."

그렇게 추앙받은 분이 허준 선생이시다.

허난설헌(許蘭雪軒 1563~1589)은 허엽의 딸이고 봉(篈)의 여동생이며 균(筠)의 누나이다. 문장가로 유명한 명문 집안에서 태어나 용모가 아름답고 천품이 뛰어났다. 여인에게 글을 가르치지 않던 그 시대에 오빠와 동생 사이에서 어깨 너머로 글을 배워 여류 시인의 문명을 떨쳤다. 결혼 생활이 순탄치 못하여 불우한 가정 생활을 하는 속에서도 시 213수가 전해지며 가사집 「규원가」가 유명하다. 27세에 요절했다. 그의 동생 허균은 '홍길동전'의 작가이다.

이렇게 양천 허씨에는 뛰어난 분들이 별처럼 많았다.

양천에 전해지는 전설 중에 '곰달래 사랑 전설'이 있다.

신월 7동 고속도로변에 '곰달래마을'이 있었다 한다.

백제 말, 곰달래마을에는 음소라는 총각과 음월이라는 처녀가 서로 사랑을 속삭이고 있었다.

신라와 싸움이 벌어지자 음소는 군인으로 징집되었다. 떠나기 전날 밤 둘은 동산(지양산이 아닐까?)에 올라 사랑의 안타까움을 나누었다.

음소가 말했다.

"동산에 둥근 달이 떠오르면 백제가 이긴 것이라네. 내가 돌아올 것이니 꼭 기다려 주오. 그러나 칠흑 같은 밤이 되면 우리가 싸움에 진 것이라네. 그 때는 기다리지 말고 좋은 사람 찾아 시집 가게나."

백제와 신라의 전투는 치열했다.

음월이는 매일 밤 동산에 올라 애처로이 달이 뜨기만을 기다렸다. 동산 위에 손톱만한 달이 뜨더니 차차 둥근 달로 커져 갔다. 저 달이 환히 뜨는 밤이 오면 낭군님이 꼭 오시겠지.

드디어 만월이 뜨는 날이었다. 달이 둥두렷이 밝아 왔다. 그런데 갑자기 먹구름이 뒤덮여 달을 먹어 버렸다.

음월은 절망했다. 그는 산 위에서 몸을 굴려 자결하고 말았다.

구름이 지나고 다시 달은 밝았다. 그 밝은 달의 예언처럼 싸움에 이기고 밤새 달려온 음소는 사랑하는 사람을 찾아 헤맸다. 그리고 싸늘하게 죽어간 사랑하는 사람을 끌어안고 음소는 통곡하고 통곡했다. 통곡 끝에 자진하여 죽었다.

그래서 지금도 달 뜨는 밤 중에 지양산에 오르면 음소와 음월이의 구슬픈 울음소리가 들린다고 한다.(이것은 나의 해석이다.)

그래서 동네 이름이 신월동(新月洞)인가.

03 | 양천 교육 현장에서

나는 학원을 경영하면서, 학원과 학교가 서로 보완적 관계에 있어야 한다고 생각해 왔다. 그랬기 때문에 공교육의 학부모 활동에도 관심을 가지고 힘껏 참여했다.

여러 가지 일 중에서 책임감과 모험심, 그리고 연대의식을 기르는 스카우트운동이 나의 가치관과 맞는 듯하여 관계를 맺었다.

스카우트운동은 청소년들을 책임 있고 유능한 민주시민으로 키우기 위해 사회 속에서 자신의 소임을 다할 수 있도록 능력을 개발하는 운동이다. 그리고 친선, 우애, 협조의 정신 아래 사회 및 자연 속에서 단체 활동을 통해 개인의 인격을 계발하고 사회 발전에 참여하도록 유도하는 데 목적을 두고 있다.

오늘날 30여만 명의 스카우트 가족을 거느릴 만큼 성장한 한국스카우트 연맹의 주요 활동으로는 청소년의 심신 수련을 위한 각종 활동, 학교와 지역별 정기집회 및 오리엔테이션대회, 잼버리대회, 그리고 여타 청소년 단체와의 교류 및 친선 활동 등이 있다.

나는 스카우트 활동을 하며 한국스카우트 서울연맹 부연맹장 및 강서·양천지구 연합회장직을 1986년부터 최근까지 오랫동안 수행하였다.

어느 사회나 구조적 모순과 제도적인 허점을 안고 있다. 사회가 안고 있는 구조적 모순을 혁파하고 발전하려면 사회를 구성하고 있는 구성원의 의식이 바로서고, 이와 함께 제도적인 뒷받침이 따라야 한다고 나는 믿는다. 그 의식을 개혁할 수 있는 것이 교육이므로, 나는 실천적인 활동을 수행할 수 있는 스카우트 활동에 적극 참여한 것이다.

우리 아이들이 학교를 다니게 되자 나는 자연스럽게 학교 지원 육성 활동에도 참여를 했다.

목동초등·목동중·여의도중·강서고에서 육성회장직을 맡아 학교를 도우려고 애썼다. 신목고와 양서중·신서초등학교에서는 학교운영위원장직을 수행했다. 특히 당시 신서초등학교 권석주 교장 선생님께서는 양천문화원에서 그리고 학원법인 국암학원에서 지금까지 나를 돕고 계시니 고마울 따름이다. 이러한 학교 봉사의 인연으로 서울시 교육청 학교운영위원장 협의회 회장으로 봉사했던 일도 뜻깊다.

나는 어려웠던 내 성장과정 때문에, 특히 청소년 장학 사업에 관심을 기울였다. 장학활동을 하면서 항상 마음에 둔 금언이 있다. 그것은 "오른손이 하는 일을 왼손이 모르게 하라."는 말씀이다. 이 말씀을 마음에 새기며 경계로 삼고 있다.

가정 형편이 어려운 청소년, 소년·소녀 가장, 대입 진학자에게 해마다 장학금을 전달해 오고 있다. 초기에는 사정이 허락하는 한도에서 장학 활동을 했지만, 1991년부터는 국암장학회를 설립하여 체계적으로 장학사업을 벌이고 있다. 또 국회 부의장을 지내신 김영배 의원님께서 설립하신 일석장학회를 통해서도 장학금을 꾸준히 전달해 오고 있다.

04 | 범죄예방위원회의 활동

나는 1985년부터 범죄예방위원으로 활동했다. 법무부 산하 범죄예방위원으로서 서울남부지역 협의회 회장직을 여러 해 맡아왔다.

검찰 하면 인상부터가 무서운 곳으로 여겨진다. 그런데 협의회 일을 하면서 검찰이 단순히 죄인만을 벌 주는 곳이 아니라 범죄예방을 솔선해서 선도하는 기관이라는 것을 깨달았다.

우리 남부지역 협의회에는 800여 명의 위원들이 있다. 순수 민간 협의체로서 자체적으로 범죄 예방을 위한 여러 가지 활동을 전개하고 있다.

국민이면 법을 지켜야 한다. 법을 어기면 벌을 받게 되어 있다. 법을 어겨 벌을 받기 전에 준법정신을 고취시키고 범죄를 예방하는 일이야말로 교육적이 아니겠는가. 나는 법무부 발간 '청소년의 법과 생활'이란 책을 서울 교육청에 인정 교과서로 신청하고 은광여고에 법 교육을 실시하기로 했다. 그래서 전국 최초로 법교육 출장 교육을 은광여고에서 실행했다.

민병덕 변호사께서 출장 오셔서 전문적 법률 내용을 실생활에 맞게 재미있게 강의했다. 아이들은 마치 '솔로몬의 선택'에 출연한 양 재미있어 했다.

청소년들은 자칫 범죄 환경에 내몰릴 수 있다. 잘못 빠져들어 일생을 그르칠 수도 있다. 따라서 준법 정신을 가르치고 범죄를 예방하는 일은 아무리 강조해도 지나치지 않다. 우리 협의회에서는 준법 캠페인을 펼치고, 준법 우수 학교를 선정해 표창했다. 그리고 남부소년선도 장학재단을 발족시켜 청소년 장학운동에도 일익을 담당하고 있다. 청소년들이 죄를 저질러 벌을 받게 될 때 죄질에 따라 선도 조건부 기소유예제도가 있다. 우리 협의회에서는 양천구에 있는 기소유예 청소년들을 사회에 정상적으로 복구시키기 위해 1:1 결연을 맺어 돌보아 주기도 했다.

이 외에도 나는 국제 로타리 3640지구 서울 양천 로타리 클럽의 제9대 회장을 맡아 봉사했다. 3640지구 66개 클럽 중 최우수 클럽으로 선정되어 표창을 받은 일은 뜻깊은 일이었다.

나는 연세대학교와 각별한 인연을 가지고 있다. 내 딸 은성이는 경제학과를 졸업했고, 아들 동현이가 법과대학을 졸업했다. 그리고 며느리도 석사과정에 재학 중이다. 나도 연세대 AMP과정을 수료했고 아들과 함께 경영대학원에서 석사학위를 취득하고 또 박사과정에 적을 두고 있으니 이렇게 각별한 인연이 어디 있을까 싶다.

나는 그러한 인연으로 해서 연세대학교에 발전기금을 기부했고, 앞으로도 여건이 닿으면 더욱 기여하고 싶다. 그것이 우리 가족의 모교에 대한 내 의무라고 생각한다.

"미래를 내다보고 변화를 적극 수용하며 자기의 장점을 극대화하고 끊임없이 다시 배워야 한다"는 세계적인 미래학자 피터 드러커 교수의 말을 나는 경영인의 자세로 삼고 있다.

범죄예방운동과 문화 운동, 로타리 운동, 장학 운동 등의 실적으로 인해서 문화훈장 모란장을 포상받은 것은 너무 과분한 영예이다.

05 | 양천을 위하여

누구나 세상에 태어나서 무엇인가 의미 있는 일을 하려고 노력한다.

공자는 15세에 학문에 뜻을 두고, 30에 섰다고 했다. 그리하여 40에 의혹됨이 없었으며, 50에 천명(天命)을 알았고, 60에 모든 것을 순리대로 이해하게 되어, 70에 마음이 하고자 하는 대로 하여도 법칙에 어긋남이 없었다고 하였다.

나는 평생 동안 내 나름대로의 비전을 설정하고 도전하는 삶을 살았다. 그 중에서도 인생의 중년기 이후를 양천구와 함께 하면서 양천에 조금이라도 기여했다는 것에 자부심을 갖는다. 그러면서 양천구의 구체적 문제에 대하여 관심을 가지게 되었다.

우리 양천구는 신정동과 신월동이 각각 7개 동, 목동이 6개 동으로 이루어져 있어 모두 합하면 20개의 행정동이 된다. 그 중 신시가지 아파트가 있는 목동과 신정동 일부는 소위 중산층 거주 지역으로 환경이 쾌적하고 편의 시설이 많다. 반면에 신월동은 생활 수준이 신시가지 지역에 비해 상대적으로 낮고 비행기 소음에 시달리는 지역이다.

그래서 양천구가 한국의 양극화, 20 대 80 현상을 대변하는 지역이라고 운위되며 목동, 신정동, 신월동이 빨리 균형적인 개발이 되어야 한다고 하는 주장이 설득력을 얻고 있다.

이런 문제는 뉴타운 개발 계획의 조기 실행으로 해결해야 할 과제이다. 이를 위해서 우리 구민 모두가 합심하여 양천의 균형 개발을 반드시 이루어 내야 할 줄로 믿는다.

또한 우리 양천구는 교통 문제와 문화 인프라 확대라는 커다란 과제도 안고 있다.

우리 지역은 서울에서 인천, 부천 등으로 통하는 경인고속도로의 관문이며 남부순환로의 통행로로서, 교통난이라는 문제를 숙명적으로 안고 있다. 아침에 부천, 인천 등지에서 출근하는 차량으로 오목교 근처는 언제나 밀리고 있다. 그리고 구로나 안양 등지에서 성산대교로 넘어가기 위해서 서부

간선도로를, 시내로 들어가기 위해서는 올림픽 대로를 빠져나가는 전쟁을 치러야만 한다. 무엇보다도 목동 단지를 빠져나오기부터가 쉽지 않다. 그것뿐인가. 남부순환로에 꽉 막힌 차량의 행렬은 보기만 해도 숨이 턱턱 막힐 지경이다. 이러한 교통문제도 적극적으로 대처해 나가야 할 것이다.

우리 양천은 앞으로도 발전 여지가 많다.

목동 신시가지는 쾌적한 아파트로서의 인프라를 이미 갖추고 있기에, 신시가지 이외의 지역을 이에 버금가게 개발한다면 전국 최고의 주거지역으로 평가받을 수 있을 것이다. 전문가들은 이렇게 말하고 있다.

서남부 지역에서는 목동을 대체할 만한 개발 후보지를 찾기 어렵다. 이뿐만 아니라 목동은 오목교 주변에 SBS, CBS, 스포츠조선, 방송회관, KT, 이마트, 우리홈쇼핑, 현대백화점, 이대 목동병원 등이 줄줄이 들어서면서, 전형적인 베드타운에서 상업과 주거 중심단지로 변화하고 있다.

또 목동을 둘러싼 배후 지역의 구조적인 변화가 오고 있다. '서해안 시대'를 맞아 수도권 산업지도가 서해안고속도로를 따라 서남축으로 옮겨오고 있으며, 지하철 9호선 완공은 여의도나 강남지역과의 접근성을 높여 또 한 번 목동을 업그레이드시킬 요인으로 꼽힌다.

여기에 인천공항과의 접근성, 송도 국제도시 개발, 상암동 국제비즈니스센터 개발, 강서 마곡지구 개발 등과 같은 주변지역의 대규모 호재도 기다리고 있다. 이미 인접 구로공단이 고부가 IT 벤처타운으로 탈바꿈하면서 배후단지인 목동이 한 단계 업그레이드된 것을 감안한다면, 이들 지역 개발은 분명 목동 가치를 또 한 단계 높일 호재로 꼽힌다.

목동이 그동안 서남부 지역의 고급 베드타운 역할에만 만족했다면, 지금부터는 산업과 주거, 교육의 3박자가 어우러진 자족 주거지로 각광받을 것이라고 전문가들은 진단하고 있다.

이렇게 발전 가능성이 많은 우리 양천구를 위해 무엇을 할 것인가. 나는 내 노년을 묻을 양천을 위해서, 제2의 고향 양천을 위해서 봉사하고 또 봉사할 마음을 다지고 다진다.

07 언론에 비친 김승제 회장

[화제의 CEO]
기업이익 사회 환원 실천한
(주)스타코 김승제 회장

"배움의 기회는 공평해야 한다"
"사학 자율권 침해하는 사립학교법 개정은 재고돼야"

국내 최대 소방전문회사인 (주)스타코·스타코넷 김승제 회장이 최근 한 대학에 10억 원의 기부금을 쾌척하기로 해 화제를 모았다. 극심한 내수침체를 겪고 있는 현 상황에서 대학 발전기금으로 10억 원을 내 놓기로 한 일은 결코 쉽지 않다. 하지만 김 회장의 배경을 보면 그의 결정에 수긍이 간다. 그는 학교법인 은광학원 이사장이기도 하며 대학학원을 운영하고 있어 인재 양성에 강한 열의를 갖고 있다. 이에 대한 그의 신념과 사업현황 등을 들어봤다.

국내 최대 소방전문회사이자 업계 유일의 거래소 상장기업인 (주)스타코·스타코넷 김승제 회장이 최근 국내 모 명문 사립대학에 억대의 발전기금을 쾌척하기로 해 관심을 끌었다. 그가 낸 10억 원이라는 기금은 새로 짓는 경영대학원 건물 신축에 쓰이게 된다.

김 회장은 "후배들이 그 건물에서 공부하는 모습을 생각하면 보람 있을 것으로 판단했다"며 기부 이유를 밝혔다.

그의 이러한 과감한 지원 결정에는 인재 양성에 대한 열정이 숨어 있다. 김 회장은 자신이 경영하고 있는 소방전문기업 (주)스타코넷 외에 입시학원인 대학학원을 중심으로 한 (주)스타코를 운영하고 있으며, 지난 2002년 12월에는 학교법인 은광학원을 인수, 재단이사장으로 왕성한 활동을 벌이고 있다.

뿐만 아니라 그는 지난 1979년부터 목동 초등, 목동 중학교, 여의도중, 강서고 등에서 육성회장을 역임하였으며, 강서 교육청 학교운영 위원회 협의회장도 맡아 학교 교육 지원에 적극 나서고 있다. 교육을 통한 인재 양성에 오래 전부터 노력해 온 셈이다.

그가 인재 양성에 노력을 기울이는 이유는 배움의 기회를 공평하게 나눠주기 위해서다. 경제적인 어려움으로 교육의 기회조차 제공받지 못한다면 자라나는 청소년에게 너무

가혹하다는 것이다. 김 회장 역시 어려운 환경 속에서 성장기를 보내 누구보다 배움에 대한 열망이 컸다. 그는 "어려운 환경 속에서 성장하다 보니 경제적인 여유가 있으면 어려운 아이들이 공부할 수 있는 여건을 만들어 주고 싶었다"고 말했다.

김 회장은 어린 시절 부모를 여의고 중학생 시절부터 과외를 통해 숙식을 해결하고 공부할 만큼 매우 가난했다고 한다. 한창 감수성이 예민할 나이인 만큼 그가 느끼는 고통은 컸다. 하지만 그러한 어려움을 슬기롭게 극복하고 올바른 길을 갈 수 있었던 것은 그의 배움에 대한 열정이 컸기 때문이다. 또한 그를 올바른 길로 이끈 스승이 있었기에 가능했다. 김승제 회장은 오늘날의 자신이 존재할 수 있는 것을 중학교 시절 자신에게 큰 가르침을 준 선생님이 계셨기 때문이라고 밝혔다. 그에게 큰 가르침을 준 김정열 선생은 부모와 다름 없는 존재였다.

"대개 학생회장은 공부 잘하고 웬만큼 영향력 있는 아이가 맡게 돼 있습니다. 그런데 학창시절 부모가 없는 내가 학생회장을 맡게 됐죠. 학생회장이 될 수 있었던 데는 당시 담임 선생님의 편견 없는 지도가 큰 역할을 했기 때문입니다."

비록 중학교 학생회장에 불과하지만 자격은 누구나 동등하다는 사실을 중학교 은사를 통해 깨닫게 된 것이다.

사립학교법 개정은 재고해야

김승제 회장은 어려움을 겪으면서 모은 돈으로 지난 2002년 학교법인 은광학원을 인수, 이사장으로 취임했다. 자신이 받은 선생님의 애정을 후학 양성으로 보답하겠다는 의지에서였다.

이러한 김 회장의 속내는 학원 이사장 취임사에도 나타나 있다. 그는 자신에게 굳은 의지와 용기를 북돋워준 선생님의 가르침을 통해 참교육자 상이 무엇인지 깨닫게 됐으며 이러한 참교육을 학교에서 펼치고 싶다고 밝혔다.

인터뷰에서 그는 은사의 가르침에 의해서 학교를 인수하게 됐고 그런 학교를 운영하려 노력하고 있다고 말했다.

하지만 요즘 김승제 회장은 사립학교법 개정 움직임에 심기가 불편하다. 사립학교법 개정안을 재고해야 한다는 게 그의 주장이었다. 그는 이 문제에 대해 할 말이 많은 듯 언성을 높이면서 문제점을 조목조목 따졌다.

그의 주장은 한 마디로 "사립학교는 사학다워야 한다"는 것이다. 그는 "내가 학교를 인수했을 때는 분명한 철학이 있었다"고 운을 뗀 후 "평생 모은 돈으로 인수했는데 내 교육철학은 누구를 통해서 펼칠 수 있는가"라고 반문했다. 김 회장은 학생들과 직접 대면하는 학교장과 교사를 통해 교육철학을 실현할 수 있다고 말했다. 하지만 개정하려는 법안은 사학 고유의 철학을 철저히 무시하고 있다며 강한 불만을 터뜨렸다.

"교장 선생님은 교사 등이 선출하고 교사는 교장이 임명권을 갖자는 게 이번 사립학교법 개정 안에 포함된 내용입니다. 이사장의 뜻이 반영될 길이 전혀 없어지는 것입니다. 자신의 뜻이 반영되지 않는데 누가 사립학교를 세우고 운영할 수 있겠습니까? 게다가 이런 의지와는 상관 없이 재단에 매년 7억 원씩 내야 합니다.

이사장의 역할도 없는데 거액을 선뜻 내놓고 싶겠습니까?

내가 가서 교사들에게 사정해야 할 판입니다. 게다가 교사는 일단 채용되면 62세 정년까지 고용이 보장됩니다. 채용할 때 학교 성향에 맞는 사람을 채용해야 하는데 그것을 허용하지 않는 것은 문제입니다. 내 의지와 상관없이 학교가 움직이는 것입니다."

정부가 추진하고 있는 사립학교법 개정안은 사학 비리 근절에 초점을 맞추고 있다. 그동안 국내 일부 사학들의 공금 횡령 등 방만한 재단 운영이 사회문제로 부각된 바 있다. 정부는 사립학교법을 바꿔 사학 비리 근절을 꾀하겠다는 계획이다.

이에 대해 김승제 회장은 "비리가 있는 일부 재단 때문에 전체 사립학교를 바꾸겠다는 것은 잘못"이라고 지적했다.

정부가 사학을 일률적으로 보는 것은 문제라면서 건전한 사학과 그렇지 않은 사학을 구분하는 안목을 가져야 한다고 주장했다. 김 회장은 건전한 사학에 자율권을 줘 학생 선발권도 갖도록 해야 하며 그렇지 못한 비리 사학은 운영권을 박탈해 공립으로 전환해야 한다고 덧붙였다.

이러한 옥석 고르기 과정을 거친 후 사학에 대한 개념을 정립해야 한다고 주장했다. 그는 전문성을 갖추거나 특화된 사학을 만드는 게 중요하다고 밝혔다. 이를 위해 국가로부터 재정지원을 받지 않고 자급자족할 수 있는 여건을 만드는 노력이 있어야 한다고 말했다.

교육의 하향 평준화 심각

김승제 회장은 사학의 취지를 살리고 교육을 살리기 위해서는 현재의 고교 평준화 제도를 뜯어고쳐야 한다고 주장했다.

"우리가 이만큼 살 수 있게 된 것은 부모들의 교육열이 컸기 때문입니다. 광주리를 이고 장사해도 자식들만큼은 고등학교라도 전부 졸업을 시켜, 각 분야에서 인재들이 두각을 나타내 우리나라가 발전할 수 있었습니다."

그는 비평준화 제도가 있었기 때문에 우리나라가 발전할 수 있었다는 입장이다. 즉 현재의 평준화가 교육의 하향 평준화로 이어지고 학생들의 학력 저하마저 야기시킨다고 주장했다. 심지어 이대로 가다가는 다음 세대는 더욱 암담한 게 아닌가라고 말했다.

김 회장은 현재의 고등학교 교과서도 문제라고 지적했다. 그는 학력이 하향 평준화되면서 교과 내용도 점차 단순화되고 있다면서 "교육이 발전 아닌 퇴보의 길을 걷고 있다"고 주장했다.

학력의 하향 평준화를 막기 위해 그가 내린 처방은 '각자 맞는 교육을 통한 인재개발'이다 고등학교 때부터 개개인의 능력에 맞는 교육을 실시해 학력의 시너지 효과를 높여야 한다는 것이다. 하지만 현실은 그렇지 않다. 고등학교 평준화로 인해 학생들이 자신의 처지를 제대로 파악하고 있지 못한 게 오늘의 한국 교육의 현실이라는 것이다.

"지금 고등학교 1학년 학생들을 대상으로 한 번 물어보세요. 현재 고등학교 한 학급 인원은 30~35명 정도인데 하위권에 속하는 아이들은 솔직히 서울에 있는 4년제 대학에는 갈 수 없습니다. 그런데도 이 아이들에게 대학 목표를 물어보면 한결같이 서울대까지는 아니더라도 최소한 '연고대'라고 말합니다. 부모는 이런 아이들에게 사교육비를 열심히 투자합니다. 물론 아이들이 꿈을 포기하라는 얘기는 아닙니다. 하지만 학생 자신이 뒤처져 있는 것을 모른 채, 인생에서 가장 중요한 시기를 낭비하고 있는 것은 문제 아닌가요?”

대학 입시학원을 운영하고 있는 김 회장이 부모들의 사교육 부추김 현상을 비판하는 것은 다소 의외였다. 이에 대해 그는 지나친 사교육이 학원의 양적 팽창을 불렀다면서 평준화 폐지가 시행되면 학원의 옥석도 자연스레 판가름날 것이라고 내다봤다.

불우한 어린 시절 딛고 학원으로 성공

김승제 회장 명함에는 (주)스타코와 (주)스타코넷이라는 두 개의 회사명이 적혀 있다. 그 위에는 '소방산업, 입시학원 유일의 상장기업'이라는 문구가 깨알 같은 글씨로 명시됐다. 기자는 얼핏 소방산업과 입시학원의 상관관계에 대해 생각했다. 하지만 양 산업의 어떤 관련성도 찾지 못했다. 이에 대한 궁금증에 대해 김승제 회장은 자신이 걸어온 길을 설명했다. 그리고 그 과정에서 왜 인재 양성을 위해 적극적인가 하는 점도 이해할 수 있었다.

김 회장은 당초 입시학원인 대학학원을 운영했다. 어린 시절 부모를 여읜 후 중학교를 3년 늦게 진학했다. 이후 중학교에서 그의 최고 은사인 김정열 선생을 만나 교육에 눈을 뜨기 시작했다. 그리고 그 학원이 커져 오늘날의 대학학원이 된 것이다.

그가 (주)스타코라는 회사를 설립하게 된 것은 대학학원 건물 신축과 관련이 있다. 대학학원 건물을 지을 당시 김 회장은 소방전문기업 (주)스타코넷 전신인 (주)세진의 사장으로부터 도움을 받았다. 하지만 이 회사가 지난 1997년 IMF 위기를 겪으면서 부도를 내자 경영권 방어를 위해 김 회장이 지난 1999년 이 회사를 인수하고 사명을 스타코(STAR-CO)로 바꿨다. 이후 김 회장은 이 회사의 최대주주 겸 대표이사로 취임하게 됐다. 스타코(STARCO)는 안전(SAFETY), 기술(TECHNOLOGY), 정리(ARRANGEMENT), 혁신(RENOVA-TION)의 앞글자를 따서 만들었다. 말 그대로 '안전과 기술이 고스란히 담겨 있는 회사'라는 의미가 담겨 있다.

학원을 운영하던 김 회장에게 소방업은 매우 낯선 분야였다. 하지만 김승제 회장은 회사 인수 후 사재 67억 원을 출자하는 등 회사 살리기에 안간힘을 썼다.

직원들 역시 상여금을 반납하고 철야 근무를 해 김 회장의 노력에 화답했다. 그 결과 부도 이후 1년 11개월 만인 2000년 9월 화의를 졸업하고 회생할 수 있었으며 지난해에는 100억 원 가까운 흑자를 기록했다. 또한 투자 전문회사인 KTB 네트워크와 산은 캐피탈도 이러한 노력을 인정, 각각 80억 원과 24억 원을 투자하기도 했다.

소방전문회사 인수와 더불어 김승제 회장은 사업 다각

화를 추진했다. 기존 학원 위주의 사업에서 벗어나 오피스텔 건설 및 분양 등 부동산 사업에도 뛰어들었다. 이에 따라 (주)스타코는 입시학원과 국토개발 사업을 주로 하는 (주)스타코와 소방전문회사인 (주)스타코넷이라는 두 개의 회사로 분리가 됐다. 현재 이들 회사는 각각 거래소에 상장돼 있다.

소방에 대한 국민 의식 높아져야

김승제 회장은 (주)스타코넷이 소방전문기업이지만 건설 관련 업종으로 보는 게 오히려 정확하다고 말했다. (주)스타코넷의 주력상품은 소화기가 아니라 건물천장에 달려 있는 스프링클러이기 때문이다. 따라서 (주)스타코넷 공장에는 쇠를 녹이는 용광로가 있으며 이를 이용해 스프링클러를 생산한다. 또한 소방호스 생산을 위해 국내에서 얼마 안 남은 직조공장도 운영하고 있다.

현재 소방전문기업 (주)스타코넷은 경기도 시화공단 내 8,000평 부지에 7개 건물을 공장으로 쓰고 있다. 이곳에는 180여 명의 근로자들이 종사하고 있다. 현재 (주)스타코넷을 맡고 있는 권태문 사장은 "국내 160여 개 소방관련 업체들 가운데 가장 우수한 품질을 자랑하는데다 애프터 서비스도 철저하다"고 자랑했다. 또 공장에는 자동공정 시스템을 가동해 제품 불량률을 낮추는 데도 큰 역할을 하고 있다.

이외에도 (주)스타코넷은 직원들에 대한 복리후생에도 관심이 높다. 김승제 회장은 직원들의 급여 인상 등 실질적으로 도움이 되는 직원 복지를 추구하고 있다. 이에 따라 30여 명을 수용할 수 있는 직원 숙소와 원활한 통근을 위해 부천, 인천, 안산 등지에서 통근버스를 운행하고 있다. 김승제 회장은 소방전문기업 경영에 따른 어려움과 소방산업의 현실도 자세히 설명했다. 그의 가장 큰 어려움은 소방에 대한 국민들의 낮은 인식이었다. 화재 예방에 소극적이라는 게 그의 생각이다.

이를 증명하듯 소방방재청 자료에 따르면 지난해 국내에서 발생한 화재 사건은 총 3만 1,372건이며, 이로 인한 인명 피해는 사망 744명, 부상자는 2,089명인 것으로 집계됐다. 또한 재산 피해액은 무려 1,516억 원에 달하는 것으로 나타났다. 이는 지난 2002년 화재발생 건수인 3만 2,966건보다 4.8% 감소한 것이지만 인명 피해는 오히려 26.8%가 늘었다는 점에서 화재가 대형화되고 있음을 보여줬다.

김 회장은 각 건물마다 소화기가 설치돼 있지만 이를 인식하지 못해 소화기 자체가 위험하다는 생각이 만연해 있다고 지적했다. 특히 대구지하철 참사와 같은 대형화재가 발생했을 때 소화기만 제대로 사용했어도 큰 효과를 발휘했을 것이라고 말했다. "지하철에도 소화기가 있습니다. 하지만 화재가 발생했을 때 누구도 소화기를 사용할 생각을 안 하고 도망가거나 소방서로 전화부터 먼저 합니다. 대구지하철 참사 때 소화기만 제대로 사용했더라도 수백 명이 죽는 대형 참사를 막을 수 있었을 것입니다.”

예방 위주의 소방제도 정착돼야

(주)스타코는 소화기를 더욱 친근하게 느낄 수 있도록 지난해 지구본 모양의 소화기를 만들었다. 김승제 회장은 “소화기는 절대 위험한 물건이 아니라는 인식을 심어주기 위해 만들었다”고 취지를 설명했다. 그는 “초등학교 때부터 실제 소화기를 써 보는 훈련이 필요하다”면서 “교육을 통해 안전을 인식시켜야 한다”고 주장했다.

교육에 잔뼈가 굵은 사람답게 그는 소화기를 교육적인 측면에서 접근했다. 특히 초등학교 국어시간에 화재 예방을 가르치도록 교과과정에 넣어야 한다고 밝혔다. 그가 소화기를 교육적으로 강조하는 이유는 예방 교육이 최우선이 돼야 한다는 신념 때문이다.

“솔직히 우리 업종은 화재가 발생해야 존재하지만 누가 대형 사고를 좋아합니까? 따라서 대형 화재를 막으면서 우리 업종이 영속성을 갖기 위해서는 예방 위주의 교육이 절실합니다.”

소화기는 반영구적인데다 사용할 일도 그다지 많지 않아 매출이 높은 상품이 아니다. 대당 가격도 1만 원이 채 되지 않는다. 이 가운데 회사가 차지하는 이윤은 500원에 불과하다. 그의 설명에 따르면 시골학교의 경우 소화기를 오랫동안 사용하지 않아 작동조차 되지 않는다고 한다. 결국 평소 실습을 통해 소화기를 몸에 익히고 자주 소화기를 교체해 줌으로써 기업은 궁극적으로 이익을 얻고 학생들은 화재를 예방하거나 초기에 진압할 수 있는 방법을 터득할 수 있다는 것이다. 이와 관련해 (주)스타코넷은 지구본 모양의 소화기를 개발해 차별화를 꾀했다. 이 소화기는 독특한 외관으로 아이들의 학습능률을 높일 것으로 기대된다.

하지만 소화기 판매에 따른 마진이 낮다 보니 기업을 홍보할 여력도 되지 않는다. 김승제 회장은 "화재보험 회사에서 소화기를 판촉물로 뿌려도 상당한 효과를 부를 수 있을 것"이라며 이익 확대 방안을 제시하기도 했다. 상장회사인 만큼 주주들의 경영 성과 압력도 물론 있다. 하지만 김승제 회장은 인위적으로 IR을 끌어올릴 생각은 없다고 말했다. 오직 사업 내용으로 승부해 회사 이익 확대에 적극 노력할 방침이라며 각오를 밝혔다.

정경뉴스(2004년 9월호)

02

[대한민국 자랑스러운 기업인 賞]
정도 경영 – 기업 이윤은 사회 환원

교육·건설·소방 분야 전문으로 '1인 3역'

교육·건설·소방 전문기업 (주)스타코는 내실 위주의 정도 경영과 초과 이윤의 사회 환원을 실천함으로써 기업의 사회적 책무에 충실한 기업으로 널리 알려져 있다.

이 회사 김승제 대표는 "임직원 모두 맡은 바 몫에 최선을 다해 기업과 사회가 요구하는 가치 창출에 최선을 다한다"고 말했다. 특히 내실 경영과 경영 혁신을 강조, 경영철학으로 내세우고 있다. 이는 그가 이룬 성취의 토대가 됐던 목동 대학학원에서도 잘 나타난다.

우수 학생수용 목동대학학원 운영

이 학원은 사통팔달의 교통망을 갖춘 목동에 위치해 있어 서울 강서·양천지역과 경기 인천 등의 우수한 학생들에게 인기가 높다. 재수 종합반, 재학생 종합반, 단과반 등 체계적인 반편성과 개별 맞춤 교육으로 학습 효과를 높이고 있다. 상위권 학생을 위한 각종 경시반 및 취약학생을 위한 1 대 1 지도 시스템을 운영하는 한편, 개개인의 능력에 맞는 대입종합반의 1+3학기제 '학기 맞춤' '과목 맞춤' '생활 맞춤' 등으로 좋은 반응을 얻고 있다. 이와 함께 온라인 학습 사이트인 다오름넷(www.daorum.net)과 오름스쿨(www.orumschool.com)을 통해 오프라인 학습을 보충 지원하고 있다.

이 회사는 체계적인 조직 관리와 정도 경영으로 내실을 다지고 개별 소비자의 욕구충족과 변화하는 소비패턴에 적극 부응하고 있다. 이를 위해 개별 소그룹 운영에 의한 경영혁신을 이루고 있다.

김 대표는 지난 10년간 결손가정 및 빈곤층 학생의 학원비를 보조하고, 우수학생의 대학진학 장학금을 지급하고 있다. 또 사학재단 은광여중·고를 인수, 건전사학으로 양성하는 등 공교육의 견실화에도 힘쓰고 있다. 양천문화원장인 김 대표는 지역사회의 문화적 전통과 아름다운 행실을 널리 알리고 포상, 지역사회의 정서순화에 힘쓰는 등 이윤의 사회 환원에도 힘쓰고 있다.

소방분야 대명사로 자리매김

(주)스타코는 소방분야의 스타코넷, 교육건설 분야의 (주)스타코로 기업 분할을 시도, '제3의 창업'을 선언해 더욱 큰 사회적 부가가치를 기하고 있다. 그중 소방전문기업으로서 66년 서울 소방공사로 출범한 (주)스타코넷은 업계 유일의 증권시장 상장업체로서, 지속적인 기술 혁신, 자체 기술에 의한 독자 개발, 엄격한 품질관리를 통해 국내 소방분야의 대명사로 자리매김했다.

이 회사는 시공 및 건설 현장에서도 탁월한 시공 능력과 코스트 절감으로 고객의 호응을 얻었다. 또한 건설경기에 민감한 소방산업의 특성을 감안, 교육사업과 건축 및 분양 사업, 소방차 제조사업 등으로 다각화, 전체적인 시너지 효과를 도모하기도 했다.

지난 2001년엔 소방업계 최초로 화학소방차 25대를 미8군에 납품, 해외시장의 교두보를 마련했으며, 국내 처음으로 미니 소방차를 개발, 일본·중동 등지에 수출했다. 이와 함께 압력탱크, 자동해수밸브, 유량계, 압력스위치 등도 만들고 있다. 그래서 "대한민국의 불은 우리가 모두 끈다"는 이 회사 직원들의 자부 섞인 얘기가 결코 빈말이 아닌 셈이다. 특히 새로운 제품인 지구본형 소화기를 개발, 훌륭한 교육자재 겸 소화기로 인기를 모으고 있다.

사업별로 전문경영인 영입

지난 2001년엔 대한민국 무역박람회 금상을 수상했고, 각종 특허와 함께 산업부장관 대상, 중소기업 대상 등을 받기도 했다. (주)스타코는 교육사업과 함께 오피스텔을 건설, 분양하는 등 사업을 다각화함으로써 전체적인 시너지 효과를 도모하고 있다. 가양동 가양 이스타빌 I·II, 양천구 신정동의 목동 이스타빌 III 등이 대표적인 프로젝트다.

최근 김 대표는 신규 사업을 포함한 각 사업 분야별로 전문경영인을 영입하여 분권형 책임체제를 갖추고, 가장 합목적적인 생산구조와 관리 시스템, 품질 경쟁체제를 갖추는 등 경영 합리화에 박차를 가하고 있다. 김 대표는 "'나부터 변하자'는 마음가짐을 우리 모두가 가져야 하며, 생각하고 변화함으로써 매출 1천억 원을 달성할 것"이라고 강조했다.

서울신문, 2004년 3월 15일 월요일

03 [교육 현장] 은광여자고등학교

한국일보 주최 대입학력경시대회
전국 308개교 중 최우수여고로 선정
영어 '특성화' 교육
작년 '빅5 대학'에 140여 명 진학

교육은 한국사회의 발전을 주도한 밑거름이다. 자원이 부족한 한국은 인적자원의 발굴만이 살 길이었고 그 가시적인 성과가 현재의 대한민국의 모습이라고 해도 과언이 아닐 것이다.

개인의 역량을 키우고 사회와 국가의 발전을 이루기 위한 초석으로서 교육의 중요성은 아무리 강조해도 지나침이 없다. 한국사회의 급격한 산업화와 경제성장 속에서 이 같은 교육에 대한 뜨거운 관심과 열의, 이른바 '한국의 교육열'이라는 이 말의 이면에는 그 순기능과 역기능에 대한 함의가 내포되어 있지만 우리 국민들의 이 뜨거운 교육열이 오늘날 드높아진 한국의 위상과 눈부신 경제발전의 자양이 된 것만은 부인할 수 없는 사실이다.

1946년 설립된 은광여자고등학교는 한국 교육열의 본산인 서울 강남지역의 대표적인 여자고등학교로 꼽힌다. '정보화 소양을 갖춘 자율적, 창의적, 도덕적인 인간 육성'이라는 교육 목표로 최근 정보화와 세계화를 주도할 수 있는 능력 있는 인재를 양성하기 위한 새로운 프로그램으로 호평을 얻고 있는 은광여자고등학교의 김정열 교장을 만났다.

"아이들이 가장 행복하고 안정된 상태에서 공부해야 되고 나중에 사회에 나갔을 때 뜻한 바대로 자기 꿈을 펼칠 수 있도록 하는 데 주력한다."는 김 교장은 1966년 교편생활을 시작한 이래 올해로 40년째를 맞는다.

"여자도 남자와 똑같은 능력으로 사회에 이바지해야 한다. 항상 이웃을 돌보면서 지금 내가 잘된 것은 나 아닌 남이 어려움을 겪고 있기 때문이라는 생각을 잊지 말아야 한다."

"학생들에게 세상을 헤쳐 나갈 수 있는 능력을 길러 줄

뿐만 아니라 인성교육에 힘써 타인을 사랑할 수 있는 따뜻한 심성으로 국가와 사회에 이바지할 수 있도록 하는 게 저의 교육목표입니다.”

일찍이 헤르만 헤세는 삶이란 자기 자신에게 이르는 길이라고 역설한 바 있다. 김 교장의 교육철학은 학생들 자신이, 본인이 원하는 모습의 자신이 될 수 있도록 능력을 배가시켜 주는 것에 있는 것으로 보였다.

사실 현실 속의 자신과 이상 속의 자신 사이에 얼마나 많은 괴리가 있는가. 자신의 소질과 적성에 맞는 진로를 선택하는 과정에서 그 간극은 교육으로 어느 정도 좁혀 줄 수 있는 것으로 보였다.

김 교장은 학생들이 ‘학교는 희망이 있는 곳, 공부하고 싶은 내 학교’라는 자긍심을 갖도록 하는 데 역점을 둘 것이라고 말했다. 또한 학부모들이 자녀들을 마음 놓고 맡길 수 있는 만족할 만한 학교 분위기를 만드는 데 우선적으로 집중할 것이라고 밝히기도 했다.

1946년 설립자인 이강목 선생님에 의해 은광여중·고등학교로 시작된 이 학교는 기독교 정신으로 지·덕·체를 겸비한 훌륭한 여성으로 키우자는 건학이념을 가지고 있었다.

　2002년 김승제 이사장이 학교를 인수하면서 획일화된 지식 위주의 교육에서 벗어나 수월성 교육과 인간성 교육을 위해 열린 학습체제 구성과 다양성, 창의성을 계발하며 학생을 인격체로서 존엄성을 인정하고 사랑하며, 교사들은 실력과 인격을 갖추어 학부모님과 학생들로부터 존경받을 수 있도록 함은 물론, 민주적인 의사 결정을 위해 학교 전 구성원들이 긍정적이며 능동적으로 참여함으로써 교사들이 신명나게 일하고 싶은 직장이 되도록 한다는 것이 이 학교의 운영 방침이다.

　"저희 학교에는 똑똑하고 재주가 뛰어난 학생이 많습니다. 140명 정도가 국내·외 일류대학에 들어가고 나머지 학생들도 거의 전부 서울의 유수한 대학에 진학합니다."

　금년도 한국일보 주최 대입학력경시대회에서 전국 308개 학교 중 최우수여고로 선정되었고 동(同) 경시대회에서 만점 학생 10명 중 영어에서 2명, 수학에서 1명이 나올 만큼 학생 수준이 전국 최고를 자랑하는 학교이다. 이 학교에서는 10분간 Crazy English로 학교 생활이 시작되고 원어민이 수업시간에 들어가 학생들의 영어 구사능력을 길러주고 있다. '이 아이들이 나중에 사회에 나가서 그들의 꿈을 펼치며 세계적인 지도자가 되어도 손색이 없는 인재를 만들자'는 것이 은광여고의 교육목표이기도 하다.

그러나 은광여고가 이렇듯 지적인 실력 배양에만 치우쳐 있는 것은 결코 아니다. 여고(女高)로서 인성교육도 간과하지 않고 있다.

"우선 저희 아이들이 예의 바르고 부드럽습니다. 우리 학교에는 체벌과 언어 폭력이 전혀 없습니다. 연세가 높은 선생님들이 많아서인지 선생님들이 학생을 자식처럼 사랑합니다. 우리 아이들은 정서적으로 아주 안정이 되어 있습니다. 교내 식당에서도 학생과 교사가 한 식탁에서 식사를 함께하며 사제간의 정을 돈독히 합니다."

학생들의 감성과 정서함양을 위한 체험 학습 프로그램에도 큰 비중을 두고 있다.

"밤 따기 체험, 고구마 캐기 체험 등 다양한 체험학습도 합니다. 교칙을 위반한 학생들은 토요일에 선생님들과 함께 청계산을 등반하며 자연 속에서 '어떻게 살아갈 것인가' 이야기도 나누고 선생님들의 경험담을 듣기도 하며 자신을 돌아보는 시간을 갖고 반성합니다.

'사물놀이'를 비롯해서 여러 동아리 활동도 활발하게 이루어지고 있다며, "은광여고 학생들은 외모도 예쁠 뿐 아니라 인생의 목표 의식도 뚜렷하다."고 김 교장은 자랑이다. "그래서인지 많은 졸업생들이 법조계, 의학계 그리고 연예계에 전국 여자고등학교 졸업생 중 가장 많이 진출해 있다.”고 덧붙였다. 현재 은광여고 출신은 법조계에서 고등법원 판사 등 활동 폭도 상당히 넓고 각계에 고루 두각을 나타내고 있는 것으로 알려져 있다. 금년도 사법 연수생 중에 본교 졸업생이 수석으로 연수를 마쳤다고 한다.

특성화된 영어 교육

최근 은광여고는 영어가 특성화되어 있는 학교로 더욱 유명세를 타고 있다. 미래의 Global Leaders를 키우기 위해 영어 교육에 특히 힘쓰며, 미국 캐나다 등지의 학교와 자매 학교 결연을 맺어 “Exchange Program”을 실시하고 있다.

“저희 학생들이 지난 겨울방학 중에 미국 North Carolina 에 있는 Hopewell High School과 Canada Fleetwood Park Secondary School에 가서 현지 학생들과 같은 프로그램으로 공부하고 돌아왔고 그곳의 학생들이 금년 5월에 은광여고에 와서 Exchange Program에 참여하여 한국의 문화를 익히고 돌아갔습니다. 이번 여름방학에는 뉴질랜드의 Manurewa High School과 호주의 명문 사립여고인 MLC School를 방문하여 그곳 학교들과도 교류하기로 했으며 일본에 있는 고교와도 교류 계획이 잡혀있습니다. 학생들의 국제 감각을 기를 수 있도록 하는 프로그램입니다.”

　김승제 이사장은 교사들의 안목을 높이고 학교에 대한 주인 의식을 갖도록 전 교직원을 매년 중국, 호주, 뉴질랜드에 연수를 보내는 등 혁신적인 프로그램과 학교운영으로 큰 주목을 받고 있다.

　은광여고는 역사가 오래된 만큼 신설학교에 비해 건물이 노후해 개축의 필요성이 대두되고 있다. 이를 위해 김 교장은 교사 증축 계획을 가지고 있으며, 예산 관계가 확보되는 대로 강력히 추진할 것이라고 밝혔다.

　은광여고의 우수한 진학률과 해외 학교와의 학생교류, 양질의 인성교육 프로그램 등은 40년 교육자로서 김정열 교장의 신념의 발현이기도 하지만 이 학교 김승제 이사장과의 인연과 만남에서도 김 교장의 교육자 정신이 엿보인다.

김 교장에 배운 김승제 이사장의 ‘결초보은(結草報恩)’

　은광여고의 김승제 이사장은 김 교장의 제자였다고 한다. 당시 김 이사장은 가정형편이 어려운 학생이었는데 김 교장이 교사 시절 힘이 될 수 있도록 물심 양면으로 돕게 되었다. 김 이사장은 이때 중학교 48학급 중 학생회장을 할 만큼 공부도 열심히 했지만 적극적인 학생이었다. 김 이사장은 성인이 된 뒤 학원을 운영하며 역시 교육계에 몸담고 있었다.

김 이사장은 남부지원 청소년 선도위원으로 활동하면서 어렵고 도움을 필요로 하는 학생들을 물심 양면으로 뒷바라지를 해 그 스승에 그 제자다운 면모를 보인다. 김 교장에게 받았던 만큼 그도 사회에 돌려주자는 생각을 갖고 있었던 것이다. 좋은 씨앗이 좋은 열매를 맺게 된 것. 많은 학생들이 그의 도움으로 공부를 했는데 그 중 한 학생은 현재 미국 MIT대학에 진학해서 아시아인으로서는 최초로 학부에서 박사학위 받을 때까지 전액 장학금을 받게 되었다. 이런 사례가 우리 교육계에 훈훈한 미담으로 전해지고 있다.

내년 개교 60주년을 맞는 은광여자고등학교 김정열 교장의 교육관은 강남의 '교육열'에 대한 일부의 비판적 시각에 일침을 놓는 교육적 성과이며 교육자의 사회적 역할에 대한 하나의 귀감이라 보아도 틀림이 없을 듯하다.

[뉴스포커스]

국민 의식개혁 운동, 한 발 앞선 대한민국을 위해!

바르게 산다는 것은 어떻게 사는 것일까? 남에게 피해만 안 주면 된다는 식의 개인주의가 만연한 우리의 현실 속에서 바르게 사는 것은 참 힘들다. 그래도 정의를 기초로 공익에 기여하고 선을 행하는 것이 진정으로 바르게 사는 것이 아닐까? 여기에 바르게살기운동에 앞장서는 한 사람이 있다. 많은 어려움 속에서도 꿋꿋한 마음으로 살아온 바르게살기운동의 김승제 회장…. 그는 말한다. "높은 경제성장을 이룬 우리나라, 이제는 시대에 걸맞은 국민들의 의식개혁이 절실히 필요하다." 다시 말해, 의식의 변화 없이는 더 이상 앞으로 나아갈 수 없다. 우리는 전 세계가 주목할 만한 국민

의식개혁운동이 절실히 필요하다고 주장하는 김승제 회장을 만났다.

소년 김승제, 스승에 대한 감사함으로!

1952년 충청남도 서천에서 태어난 김승제 회장은 어릴 적 부모를 여읜 후 가까스로 초등학교는 졸업했다. 어려운 환경으로 중학교에 진학하지 못한 그는 이후 고향을 떠나 어렵게 고철과 비금속 등을 수거하여 모은 돈으로 중학교를 남보다 3년 늦게 들어가야만 했다. 중학교 입학 후, 그곳에서 인생의 전환점의 계기가 되어 준 한 분의 선생님을 만나게 됐다. 담임선생님은 다른 학생들보다 나이도 많고 형편이 썩 좋지 않는 그가 사춘기 때 방황하고 잘못된 길로 들어설까 바 항상 마음이 쓰여 안타까워했다.

선생님은 그가 잠시 흔들리는 모습을 보일 때마다 지금 당장 겪고 있는 이런 짧은 어려움이 앞으로 긴 인생을 살아가는데 오히려 큰 힘이 될 것임을 일러주셨기에 그는 용기를 잃지 않았다. 또한 모든 일을 긍정적으로 보는 눈과 꾸준한 노력, 성실의 자세로 임하면서 봉사하는 정신을 키운다면 반드시 성공한 인생이 될 것이라고 가르쳤다.

김승제 회장은 파주에서 서울까지 기차 통학을 해야만 했다. 그런 그가 안쓰러워 선생님은 좀 더 여유가 있는 학생의 집에 기거하면서 공부를 돕도록 알선해줬고, 그가 3학년이 되었을 때 비록 담임은 아니었지만 그가 자신감과 리더십을 키우도록 학생회장이 될 수 있게 격려했다. 이렇듯 김승제 회장에게 있어 선생님은 때론 누님 같고, 어머니와도 같은 존재였다. 따라서 그는 나중에 꼭 선생님과 같은 선생님이 되고 싶다는 마음을 가지게 되었다.

어느 날 그는 간부 선생님의 질책을 받고 눈물을 흘리고 계시는 선생님을 봤다. 선생님은 물건을 팔러온 사람이 딱하여 그 물건을 사줬다가 지시를 어기고 잡상인을 상대했다는 이유로 질책을 받고 계셨던 것이다. 그런 선생님을 본 그는 마음속으로 함께 눈물을 흘리며 앞으로 돈을 많이 벌어 학교를 세워 선생님을 꼭 교장선생님으로 모시고 싶었다.

이후 그는 선생님의 가르침대로 역경을 이겨낼 긍정적 마인드, 성실성 등을 바탕으로 사업이 성공하여 큰돈을 모으게 됐고, 자연스레 중학생 시절의 꿈을 떠올렸다. 그때 마침 재단의 부도로 오랜 시간 버려진 여고가 있었는데 재건해보라는 권유를 받게 되었다. 문제가 많은 학교를 재건하는 데에는 많은 돈과 노력이 필요한 일이기 때문에 망설이기도 했지만, 그는 자신이 고향을 떠나올 때 지녔던 전 재산이 100원짜리 동전 한 닢이었음을 떠올렸다. 즉 뜻했던 육영사업을 하다가 만약 자신의 전 재산을 날린다 해도 100원 까먹는 셈이라는 생각을 하게 된 것이다. 그리고 무엇보다 중학교 때의 그 선생님을 교장선생님으로 모시고 싶었던 마음이 컸다. 그는 자신이 재정적으로 뒷받침하고 그 선생님이 교육을 맡으면 반드시 성공할 것이라는 자신감도 가지게 되었다. 이에 따라 그는 서울 강남에 있는 은성중·은광여고의 국암학원 재단 이사장이 되었고, 김정열 선생님을 교장선생님으로 모시게 된 것이다.

봉사, 헌신의 자세

지난 2007년 김승제 회장은 회원들의 만장일치로 제7대에 이어 연세대 경영전문대학원 AMP총동창회 제8대 회장으로 재추대됐다. 그는 연세대학교 경영전문대학원(원장 김태현) 최고경영자 과정 AMP(Advanced Management Program) 총동회 '2007 정기총회 및 제8대 회장 취임식'에서 "변화가 없는 개인과 조직은 도태될 수밖에 없다."고 말했다. 또한 "장기적인 경기 침체로 기업 활동이 위축되고 있다는 진단이 계속되는 가운데 김승제 (주)이스타코 회장이 혁신적인 기업가 정신과 시스템 변화로 위기를 극복해야 한다."고 강조했다.

한편, 그는 이날 취임사에서 "중책을 맡겨 준 데 대한 감사의 마음을 전한다."며 "AMP 총동창회 발전을 위한 소임과 모교와 국가 발전에 이바지할 비전을 찾기 위해 노력하겠다."고 취임소감을 밝혔다.

청소년 선도 및 범죄예방 힘써!

지난 2007년 (주)이스타코 대표 김승제 회장이 국민 훈장 모란장을 수상했다. 법무부와 KBS, 중앙일보가 20일 공동 주최한 '2007 밝은 사회를 위한 범죄예방 한마음대회'에서 김승제 회장은 지난 22년간 소년소녀 가장 300여 명에게 장학금을 지급해 오는 등의 공로로 국민훈장 모란장을 수여받았다.

김 회장은 법무부 서울 남부지역협의회 범죄예방위원으로 지난 1985년도 1월 범죄예방위원으로 위촉된 이후 무려 22년 동안 지역협의회 임원과 회장으로 활동해왔다. 그동안 그는 형사 입건된 선도조건부 기소유예장 73명을 위탁받아 월 2회 이상 대상자 가정을 방문 지도해왔다. 또 1997년 2월부터 생계가 어려운 갱생보호대상자 자녀와 소년소녀가장 등에게 6,000만 원의 장학금과 300여 명에게 효행장학금 2억 원을 지급했다.

아울러 지역 사회 인사들과 함께 조성한 5억 3,000만 원으로 장학재단을 설립해 가정형편이 어려운 중고교생에게 학자금을 지원했고, 관내 사회복지시설 및 독거노인, 소년소녀가장 등의 가정을 방문해 매년 500만 원씩 2억 원 상당의 생활비, 생필품을 지원해 왔다.

또한 학교 주변 우범지역 순찰활동 및 계도, 청소년 및 학부모를 대상으로 40회의 강연 등을 펼치며 청소년 보호 및 범죄예방활동에 크게 기여해왔다.

범죄예방위원으로 오랜 세월 적극적인 활동을 펼쳐온 데 대해 김 회장은 "불우하지만 언제나 희망을 갖고 정진하면 스스로 좋은 길을 개척할 수 있다는 것을 청소년들에게 깨닫게 해주고 싶어서"라며 "한때의 잘못으로 방황하는 청소년에게 꿈을 주고 싶을 뿐"이라고 말했다.

이어 김승제 회장은 "앞으로도 소외된 이웃들과 불우한 청소년들에게 작은 힘이 될 수 있도록 노력하겠다."며 "특히 북한 탈북 청소년들이 한국 사회에서 제대로 살아갈 수 있도록 돕는 일에도 관심을 갖겠다."고 말했다.

진실·질서·화합의 정신으로!

제9대 바르게살기운동 총회장인 김승제 회장…. 지난 5월

13일 서울 KBS홀에서 이달곤 행정안전부 장관 및 각 시·도, 그리고 시군 회장단 등 각계인사 2,000여 명이 참석한 가운데 취임식이 성대하게 거행됐다. 김승제 회장은 "물질만능의 왜곡된 가치관 때문에 비인간적 병리 현상이 사회 곳곳에 나타나고 있다.""이런 때일수록 바르게살기운동이 절실히 필요하다."고 강조했다. 또한 취임식에 앞서 지난 5월 11일 "경제위기로 모두가 어려운 때일수록 근면, 검소, 절약 등 생활 속의 작은 실천이 필요하다."고 말했다. 그는 바르게살기운동을 국민운동으로 발전시키기 위해 ▲국민의식개혁운동 ▲사회봉사, 사랑실천운동 ▲저탄소, 친환경 녹색성장운동 등을 펼칠 계획을 밝혔다. 또 현재 전국 50만 명 정도의 회원수를 100만 명으로 늘릴 것이라고 말했다.

김승제 회장이 전하는 미래의 교육

어려운 환경 속에서 선생님에 대한 보은의 뜻으로 학교를 인수한 김승제 회장은 아무도 오지 않은 학교를 이제는 명문대 진학률이 높은 학교로 만들었다. 김 회장은 우리나라가 이만큼 잘 살게 된 데에는 교육에 있다고 말했다. 그러나 요즘 어떻게 하면 사교육을 잡을까? 어떻게 하면 평준화를 시킬까?라는 식의 표 논리에만 집중하고 있는 현실을 안타까워했다.

그렇다. 언제부턴가 사교육에 대한 부정적인 생각이 우리 국민의 뇌리 속에 깊숙이 자리 잡고 있다. 사교육, 즉, 학원 때문에 공교육이 붕괴되었다는 말이 나올 정도다. 우리나라의 출산율이 급락한 것도 사교육비 때문이고, 학원비 때문에 엄마가 파출부나 할인점 점원으로, 심지어 노래방 도우미로까지 나서 가정이 파탄 나는 경우도 있다고 한다. 과연 사교육은 오늘날 대한민국에서 '공공의 적' 같은 존재인가?

과거에는 공교육만으로도 교육에 대한 욕구를 충족시키고도 남을 시기가 있었다. 그러나 소득수준이 높아지고 다양한 교육수요가 생겨난 지금은 더는 '공교육 만능시대'가 아니다. 공교육은 이제라도 과거의 패러다임에 매달릴 것이 아니라 사교육을 달라진 세상의 동반자로 인정하고 받아들일 필요가 있다.

빠른 경제성장을 이룬 대한민국은 이제는 배움이 강한 힘이 됐다. 내 자식만큼은 최고 수준의 교육을 받을 수 있게 노력하는 우리의 교육열을 마탕으로 그에 걸맞는 제도를 국가가 뒷받침해주고 지원해야 한다.

지금부터는 사교육에 대한 발상의 대전환이 우리 모두에게, 특히 위정자나 교육정책 담당자에게 절대적으로 필요한 시기라고 김승제 회장은 강조했다.

사학법폐지 및 사학진흥육성법(가칭)제정과
사학제도개선에 앞장을

지난 7월 9일 국민운동본부 등이 주최하고 한국사립대학 총장협의회 등이 후원하는 정책토론회가 국회의원회관 대회의실에서 열렸다. 주요내용으로는 ▲개방이사제도 규정을 삭제 ▲학교회계와 법인회계를 통합 ▲해산한 학교법인의 잔여재산에 있어 국가·지방자치단체에 귀속시키는 규정 삭제 ▲사립학교교원의 면적 사유 중 정치운동 외에 불법적인 노동운동으로 추가 ▲기준 교육비와 사회적 배려자에 대한 교육비를 국가 및 지방자치단체가 부담 ▲학교법인의 수익증대를 위한 세제지원 등을 주요 골자로 하는 행사 등에도 적극 참여하고 있다.

한편, 지난 7월 6일 서울사립초중고등학교법인협의회 회장직과 전국수석부회장을 맡고 있는 김승제 회장은 사립중학교 재정겸함보조금에 대한 재도개선을 요청했다. 그는 중학교 의무교육에 필요한 경비를 국가나 지방자치단체가 부담해야하는데도 불구하고, 이를 사립재단에 부담을 전가시키고 있는 현실에 대해 문제를 제기했다. 다시 말해 김승제 회장은 "사학법 규제 일변도를 폐지하고 어느 정도의 자율성이 부여되는 사학진흥법을 만들어 보호 육성해야 한다."

"이런 것들을 앞장서서 추진하는 데 적극 노력하겠다."고 입
장을 밝혔다.

밝은 미래를 위한 운동

바르게살기운동은 우리 민족의 훌륭한 민족정신과 문화적
전통을 발전시켜 새로운 21세기에 맞는 사회규범체제 및 새
로운 문화의 재창조와 건전한 국민정신을 확립하기 위한 올
바른 의식과 가치관을 가르치는 정신운동을 말한다.

지난 1989년부터 시작된 바르게살기운동은 국민운동단체
로서 진실, 질서, 화합을 바탕으로 민주시민의식 함양과 국민
정신문화를 선도해 나가는데 구심체 역할을 담당하고 있으며
그 사례를 들어보면 해외여행 바르게 하기, 저출산 고령화
대비 가족 사랑운동, 기초질서 지키기 등의 사업을 전개하고
있으며 특히, 다문화가정 사랑나누기운동으로 다문화가족 친
정 부모 초청사업을 통해 이주민들의 안정적인 결혼생활과
권익향상을 지원하는 등 사회 안정과 통합에 기여하고 있다.

특히 2009 바르게살기운동은 선진 한국의 밝은 미래를 건
설하기 위하여 모든 국민이 함께 자율적이고 능동적으로 바
르게살기운동을 전개함으로써 민주적이고 문화적인 국민 의
식을 함양하고 공동운명체로서의 국민 화합을 이루며 선진
국형 사회 발전에 이바지하는 데 목적이 있다.

녹색성장을 선도하는 여성의 힘

바르게살기운동 중앙협의회(총회장 김승제)는 지난 9월 18일 오전 인천 송도컨벤시아에서 '중앙협의회 녹색생활 실천, 여성이 앞장선다'란 캐치프레이즈를 내걸고 제10회 전국 여성지도자(중앙협의회 여성회장 조정환) 대회를 개최했다.

행정안전부와 여성부가 후원하고, 인천광역시, 바르게살기운동협의회가 주관하는 이번 여성대회에는 중앙협의회를 비롯한 전국 16개 시·도협의회의 임원진과 230개 시·군·구 여성회장 등 약 2,000여 명의 여성 지도자 회원 등이 참여했다.

이번 대회는 녹색생활 실천을 통한 성장 동력의 기틀을 마련하고, 특히 일상생활에서 여성이 주체가 되어 녹색생활 문화를 확산시켜나가자는 계기를 삼고자 마련됐다. 아울러 여성 지도자의 적극적인 사회 참여를 통한 양성 평등사회 구현도 주요 목적이다.

여성 지도자 대회는 축하 공연과 행동강령 낭독, 안상수 인천시장에 대한 감사패 수여, 유공자 표창, 결의문 채택, 차기 개최지에 대한 대회기 전달 등의 순으로 진행됐다. 이어 오후에는 인천세계도시축전을 각 시·도별로 관람했다.

바르게살기운동 여성 지도자들은 이날 대회에서 국민통합

과 녹색생활 실천운동에 앞장설 것을 다짐하며 관련 결의문을 채택했다.

결의 내용을 보면 ▲여성 지도자의 사회 참여를 통한 양성 평등사회 구현에 앞장 ▲환경오염을 줄이고 국토공간을 '녹색화'하는 국책사업 확산과 홍보에 적극 앞장 ▲나눔과 배려, 사랑의 정신을 실천하는 데 앞장 ▲지역, 계층, 세대를 아우르는 공동체운동에 적극 앞장 설 것 등이다.

김승제 총회장은 대회사에서 "국가는 미래 경쟁력의 중심축에 녹색성장 경제 발전의 청사진을 배치하고 저탄소 녹색성장시대를 실현하기 위해 박차를 가하고 있다"며 "우리 바르게살기가 국가적 명제인 녹색성장운동에 앞장서자"고 제안했다. 이어 "특히 이제 여성의 힘으로 실천하는 녹색생활의 구체적 운동이 대한민국 구석구석에 스밀 수 있도록 우리 모두 최선을 다하자"며 "오늘 이 대회가 이 같은 우리의 의지를 다지는 귀한 계기가 되길 바란다."고 말했다.

조정환 중앙협의회 여성회장은 인사말에서 "바르게는 녹색생활 실천을 통한 새로운 시대적 문화를 만들고, 일상생활의 실천을 통해 새로운 성장 동력의 기틀을 마련할 것"이라며 "전기 한 등 아끼는 작은 실천부터 여성이 사회 모든 분야의 앞선 실천자로서 선진 인류국가의 초석이 되는 일을 해 나가자"고 밝혔다.

바르게살기 전국회원대회, "복된 미래를 만들자"

지난 10월 21일 바르게살기운동중앙협의회는 충북 청주 체육관에서 8,000명이 참석한 가운데 전국 회원대회를 열었다. 이날 행사에서는 '더 큰 대한민국을 향해서'라는 주제로 열려 위한 실천에 나설 것을 결의했다. 또한 2010년 '주요20개국(G20)정상회의'의 국내 개최에 대비해 법질서 확립 등 국가적 과제 수행에 앞장설 것을 결의했다.

본 대회는 16회째로 매년 1회씩 시도별로 돌아가며 개최되며 전국 50만 회원들 간의 사기진작과 자긍심을 고취시키며, 국민운동단체로서의 위상을 높여 밝고 건강한 사회조성과 국민 대통합의 선도적 역할을 다짐하는 대회로서 중앙과 지역단위 주요 인사들이 대거 참석하는 뜻 깊은 대회이다.

이날 주요내용으로는 식전행사로 축하공연, 바르게살기 표창이 있었고, 본 행사로는 의식행사, 행동강령 낭독, 결의문 채택, 경과보고, 정부포상 등으로 진행됐으며, 식후행사로 초청가수 공연 및 청주국제공예비엔날레 관람 등이 진행됐다.

특히 이번 대회에는 다문화가정 사랑하기 운동의 일환으로 초청된 베트남 친정부모 30명이 참석했다.

한편 김승제 총회장은 대회사를 통해 바르게살기운동이

추구하는 국민화합과 경제 살리기, 저탄소 녹생성장 실천을
통해 복된 미래를 만들고, 국민의식 선진화에 앞장서자고 강
조했다.

오늘 대회에서는 조종래 울산광역시협의회장이 국민훈장
모란장을 받는 등 바르게살기운동에 기여한 200여 명이 훈
장과 포장, 대통령 표창 등을 받았다.

시사뉴스투데이(2009. 11)

살아 있는 정신을 위하여

인간의 본성이 본디 선한 것인가 악한 것인가 하는 논쟁은 의미가 없다. 왜냐하면 인간은 본질적으로 '선의지(善意志)'를 지향하기 때문이다.

'그러면 못 써', '이렇게 행동해야 해' 하는 일반적 표현은 인간이 인간답게 살아야 할, 즉 선의지를 향해 살아가야 할 행동 규범을 드러낸다. 그리고 그러한 선의지의 결실을 '보람'이라고 말한다.

선의지의 발현 속에 얻어지는 '보람'의 마음—그것이야말로 자신의 생을 값지다고 느끼게 하는 핵심이며, 그것이야말로 인간을 인간답게 하는 요소이리라.

그런데 그러한 선의지는 무엇이 길러주는가? 교육이다. 교육이 있으므로 해서 인간 사회는 선(善)을 추구한다. 그러므로 교육은 살아 있는 정신을 꽃 피우는 치열한 작업이다.

나는 교육이 나에게 심어준 '선의지(善意志)'를 따라 여기까지 왔다.

적어도 그렇게 노력하며 왔다고 생각한다. 동그마니 혼자 내동댕이쳐진 듯한 막막한 절망 속에서도 희미하게 비치는 실낱 같은 불빛을 따라 넘어지지 않고 용케 어린 시절과 젊은 시절을 통과했다.

나를 이끌어 준 그 불빛은 무엇인가? 그것은 '가르침'이었다. 어머니의 가르침, 선생님의 가르침, 선배님의 가르침, 친구들의 가르침, 그리고 책 속의 가르침….

나는 인간의 신의(信義)를 중시한다. 믿음에는 믿음으로 답해야 한다.

나에게 조금이라도 도움을 준 분이 있다면 언젠가 반드시 갚아야 한다. 나는 어려웠을 때 많은 분들에게서 도움을 받았다. 이제 그분들에게 갚아 드려야 한다. 그분들이 앞에 없어 갚을 수 없다면, 예전의 나처럼 어려운 아이들에게 갚아야 한다. 그것이 장학(獎學)이다.

사랑은 선의지와 동의어이다. 사랑은 가두어 두면 안 된다. 사랑은 메아리처럼 밖으로 퍼져야 한다. 산에 올라 외쳐 보라. "사랑해-" 그리하면 온 산이 울멍절멍 깨어나 너도나도 외친다. "사랑해-," "사랑해-" 그 소리가 메아리치는 사회는 행복하다.

　나는 남들에 비해 치열하게 살아 왔다고 생각한다. 성공했는가? 그것은 중요한 질문이 아니다. 깨어 있는 정신 속에 살아왔는가? 너의 의식이 깨어서 어두움에 휩쓸리지 않고 당당하게 살아 왔는가? 나는 나에게 그렇게 묻고 싶다. 그리고, '적어도 그렇게 살려고 치열하게 살아왔다.'라고 답하고 싶다.

　이제 부끄러운 내 삶을 토로하고 나니 허전하다. 그러나 내 삶의 매듭으로 묶고 싶다. 그리고 또 새로운 나의 삶을 살아갈 것이다. 다만 소망하는 것은 '살아 있는 정신'으로 살고 싶다는 것이다.

　이 글을 읽어 주신 모든 분들께 깊이 감사한다.